Hong Gil Dong

Eine Legende aus Korea

Bodhi Satyam

Hong Gil Dong
Eine Legende aus Korea

*Bibliografische Information
der Deutschen Nationalbibliothek:
Die Deutsche Nationalbibliothek verzeichnet diese
Publikation in der Deutschen Nationalbibliografie;
detaillierte bibliografische Daten sind im Internet
über http://dnb.dnb.de abrufbar.*

Herstellung und Verlag:
BoD – Books on Demand, Norderstedt

ISBN: 978-3-7460-6835-0

Inhalt

Der Abschied

Lasst mich gehen!"

Hong Gil Dong bleibt vor seinem Vater knien.

"Du Narr, willst du wirklich gehen? Willst du das Haus verlassen? War es dir nicht von Anfang an klar, dass du nicht an der Staatsprüfung teilnehmen darfst. Niemals kannst du in den Staatsdienst aufgenommen werden. Warum dann die Staatsprüfung? Ja, ich habe bei dir sicher Fehler gemacht. Ein Adliger wird als Adliger geboren und wird als Adliger sterben. Ein Knecht wird als Knecht geboren und wird als Knecht sterben. Ein Bauer wird als Bauer geboren und wird als Bauer sterben. So hält sich die Welt in Ordnung. Ein jeder an seinem Platz. Das ist die Ordnung, die der weiseste Meister aller Zeiten, der große Konfuzius, lehrt. Wer sich in diese Ordnung fügt, ist in Harmonie mit sich selbst und mit der Welt. Und die Harmonie ist die oberste Moral, auf der alle Gesetze unseres Volkes beruhen. Die Verletzung dieser Standessordnung gilt daher als eines der schwersten Verbrechen, gleich nach dem Landesverrat, der, wie du weißt, mit der Todesstrafe durch Zerstückelung des Körpers bestraft wird. Deshalb sagt auch der Volksmund: "Eine Raupe des Pinien-Spinners soll Piniennadeln fressen. Wenn sie Laubblätter frisst, stirbt sie." Wenn du diese Ordnung der Welt beherzigst und fügsam bist, lebst du im Einklang mit der Welt."

"Ich bin doch auch Euer Sohn."

"Mein Blut fließt in deinen Adern. Du bist aber durch die Magd Chunsom zur Welt gekommen. Unser strenges Gesetz besagt: Der Kindesstand folgt dem Stand der Mutter. So gebührt dir der Stand des Leibeigenen und daran ist nichts zu ändern. Du durftest und darfst mich deshalb nicht "Vater" nennen. Das ist unser Gesetz und selbst ich, der Justizminister der Nation, kann nicht davon abweichen."

"Hier zu Hause bin ich ein Niemand und ein Nichts. Deshalb will ich in die weite Welt hinausgehen und etwas Sinnvolles aus mir machen."

"Was willst du denn aus dir machen? Was denkst du, dass du in der Welt machen kannst? Du

kannst nichts machen. Du bist als Leibeigener geboren und das wirst du bis zu deinem letzten Atem-
zug bleiben. Ich weiß, dass du vielseitig begabt bist.
Du hast schon mit fünf angefangen, die tausend
Schriftzeichen zu lesen und zu schreiben. Und
schon bald sah es so aus, dass du keine großen
Schwierigkeiten hattest, Konfuzius und Menzius zu
meistern. Sogar das I Ging, das Buch der Wand-
lungen, eines der schwierigsten Bücher, hast du
gründlich studiert. Auch in den Kampfkünsten
zeigst du Geschicklichkeit. Ich habe beobachtet,
wie gut du mit Schwert und Bogen umgehst. Alle
solche Wissenschaften und Kampfkünste sind aber
für einen Sklaven, so wie du einer bist, eher eine
Last als eine Ehre. Ich habe bei dir sicher Fehler
gemacht. Ich hätte dir nie erlauben sollen, dass du
solche hohen Künste lernst."

"All das habe ich begriffen und habe auch keine
Absicht, mich dem Gesetz der Nation zu widerset-
zen. Ich will einfach nur gehen."

"Du hast noch nicht alles begriffen. Wohin
willst du denn gehen? Du kannst nirgendwohin
gehen. Eine solche Freiheit steht dir als einem Leibeigenen überhaupt nicht zu."

"..."

"..."

"..."

"Wenn du das alles eingesehen hast, gehe ins Bett. Es ist schon spät in der Nacht."

Hong Gil Dong steht ohne ein Wort auf, kniet aber erneut nieder, legt die Handflächen auf den Boden vor die Knie und beugt sich so tief nach vorne, dass die Stirn die Handrücken berührt. Das sieht aus wie die Große Verbeugung, die man bei einem langen Abschied macht. Der Vater schließt die Augen.

Hong Gil Dong erhebt sich vom Boden, macht ein paar Schritte rückwärts, öffnet die Schiebetür mit beiden Händen, geht aus dem Zimmer hinaus und schiebt die Tür vorsichtig zu. Dann macht er einige Schritte auf der hölzernen Daechong-Terrasse. Der alte Holzboden knarrt an diesem Abend besonders laut. Hong Gil Dong setzt sich an den Rand der Terrasse, zieht seine Lederschuhe an, steht auf und steigt die drei Steinstufen in den Hof hinunter.

In der Mitte des Hofes steht noch der Pyong-sang-Freisitz, den man im Sommer draußen aufgestellt hat, um die kühlen Schatten der großen Bäume zu genießen. Er setzt sich auf den Freisitz und lässt seinen Blick über den Hof schweifen.

Den Hof umgibt eine mächtige Außenmauer, die jeden ungebetenen Eindringling fernhalten kann. Dagegen sind die Innenhofmauern so niedrig, dass man über sie hinweg in die anderen Höfe schauen kann. In diesen Mauern sind kleine Zwischentore eingelassen, durch die man leicht zu den anderen Höfen des Hauses gelangt. Direkt neben dem Freisitz ragen die Kaki- und Maronenbäume hoch und dunkel in den klaren Nachthimmel. Zahlreiche Kakifrüchte glänzen an den Bäumen im hellen Schein des Mondes. Gerade bricht eine Marone aus ihrem stacheligen Gehäuse heraus.

Als ob ihm die Marone ein Zeichen gegeben hätte, steht Hong Gil Dong vom Freisitz auf und geht langsam zum offenen Zwischentor. Der Mond und die großen Bäume erzeugen ein Licht- und Schattenspiel, das ihn bis zum Zwischentor begleitet.

Er tritt über die hohe Torschwelle. Es wird plötzlich hell. Es gibt keine Bäume und der Mondschein fällt ungehindert in den Hof. Dem Zwischentor gegenüber ragt das prächtige Haustor empor. Es hat ein geschwungenes Dach mit Giwa-Ziegeln und sieht aus wie ein richtiges Wohnhaus, allerdings ohne Wohnräume. Es besteht nur aus zwei Wänden, die Torflügel aus massivem Holz tragen. Links und rechts des Haustors erstreckt sich eine Reihe von niedrigen Häusern.

Hong Gil Dong wirft einen kurzen Blick auf das Haustor. Es ist schon verriegelt. Dann geht er zu einem Eckzimmer eines der niedrigen Häuser und steht eine Weile einfach nur so davor.

"Wer ist da draußen?"

"Ich bin es, Mutter."

Hong Gil Dong steigt die niedrige und schmale Stufe hinauf, greift den schwarzen Eisenring, zieht ihn nach außen und öffnet so die Tür. Die dünne Flamme einer kleinen Öllampe flackert. Er zieht stehend die Schuhe aus, tritt über die schmale Terrasse und die hohe Schwelle ins Zimmer und zieht schnell die Tür hinter sich zu. Die Flamme der Lampe beruhigt sich.

"Bub, was machst du hier so spät in der Nacht?"

Hong Gil Dong geht auf seine Mutter zu, die dicht an der Lampe auf dem Boden kauert und ein Kleidungsstück und eine Nähnadel in der Hand hat. Sie schaut zu ihm auf. Es scheint, als wolle sie gerade eine Schleife an eine Jacke annähen. Er kniet vor ihr nieder.

"Verzeiht mir, Mutter, dass ich Eure Nachtruhe störe."

Die Mutter legt das Nähzeug beiseite und schaut ihn besorgt an.

"Ist alles in Ordnung mit dir?"

Ihre Stimme zittert ein wenig.

"Mutter, ich werde das Haus verlassen."

6

Hong Gil Dong sieht, dass sich die Augen der Mutter mit Tränen füllen.

"Wegen heute? Hast du dich deswegen dazu entschlossen?"

"…"

"Ja, ich habe gehört, dass du heute beim Prüfungsamt warst. Dort hat man dich sicher ausgelacht oder gar verprügelt. Wie das abläuft, das braucht man nicht gesehen zu haben. Es ist alles meine Schuld! Meine Schuld ist so groß! Ich hätte dich nie zur Welt bringen dürfen. Oh, mein armes Kind! Eine adlige Frau hätte deine Mutter sein sollen, nicht ich, nicht diese Wertlose, diese niedere Magd. Selbst als Sohn einer Königin hättest du alles, was man für einen Prinzen braucht. In deinem Gesicht sei etwas Höheres, etwas Königliches zu lesen. Das hat der buddhistische Mönch, der Meister der Astrologie vom Do Son Sa Tempel, gesagt. Deine leuchtenden Augen, deine schön geformte Nase, deine breite Stirn, deine vollen Lippen, diese Gesichtszüge würden auf etwas Erhabenes hindeuten, sagte er. Es war dein erster Geburtstag, als dich der Meister in meinem Arm sah. Dich umgibt eine goldene Aura, die Aura eines Herrschers. Vor dir hätte man aus Ehrfurcht fast eine große Verbeugung machen müssen. So einer bist du. Nur deswegen, weil du durch mich, durch diese niedrige Magd, geboren bist, ist die Gnade des Himmels für dich zu einer Qual auf der Erde geworden. Es ist alles meine Schuld! Ich bin an all deinem Elend schuld!"

"…"

"Ja! Ich habe immer gedacht, dass so ein Tag wie heute kommen muss. Das habe ich schon lange geahnt. Du bist viel zu intelligent und begabt und dein Leid ist zu groß, als dass du es hier für immer aushalten könntest. Oh mein armes Kind, ich erinnere mich noch lebhaft an all die Demütigungen, die du hast erleiden müssen."

"…"

"Weißt du noch? Es war, als du fünf Jahre alt warst. Ich erinnere mich, als geschähe das alles gerade vor meinen Augen. Als Kleinkind warst du gerne dabei, wenn der junge Herr, dein Halbbruder, unterrichtet wurde oder wenn er etwas las. Um dabei bleiben zu dürfen, hast du auch alles getan, was er dir befohlen hat. Wenn er zum Beispiel Lust auf Süßigkeiten hatte… Er mochte ja besonders die Leckereien, die es im chinesischen Laden auf dem Markt gab. Wenn er sie mal haben wollte, musstest du sie herbeischaffen. Egal wie. Kaufen? Klar, wenn du Geld gehabt hättest. Woher solltest du aber das Geld nehmen? Vielleicht um Geld bitten? Aber wer würde auf deine Bitte hören? Wenn das nicht geht, dann betteln. Wenn du damit auch keinen Erfolg hast, dann stehlen, lügen, täuschen, betrügen... Ach, wie viele Geschichten habe ich über deine Taten und Untaten hören müssen. Das war aber nicht alles, was der junge Herr von dir verlangt hat. Er befahl dir auch, die frischen Vogeleier aus dem Nest zu holen. Dann musstest du ohne Wenn und Aber auf die hohen Bäume klettern. Er hatte auch oft schlechte Laune, dann hat er dich ohne jeden Grund einfach so verprügelt. Es passierte auch nicht selten, dass du wie ein Hund auf allen Vieren kriechen und dabei bellen musstest, damit er etwas zum Lachen hatte. Alle solche Erniedrigungen, Beleidigungen und Schläge hast du verkraftet. Das hat mich am meisten an dir erstaunt, sogar noch mehr als deine vielen Begabungen. Du hast ja eine außergewöhnliche Fähigkeit, alles, was du einmal gesehen oder gehört hast, auswendig hersagen zu können. So konntest du schon mit fünf vor dem alten Herrn, deinem Vater, eine Zeile chinesischer Schriftzeichen lesen und ihre Bedeutung angeben, was der junge Herr nicht konnte. Und dann... Was dann passiert ist... Oh je! An diesem Nachmittag, da hatte er dich auf eine Vase geschubst, die dadurch in Brüche ging. Das war die Vase, die die Herrin am meisten liebte. Und dann sagte er, dass du sie absichtlich umgestoßen hättest. Oh mein armes Kind! Da wurdest du so geschlagen, dass du eine Woche lang nicht mehr aufstehen konntest. Danach hast du nie wieder ein Buch in seiner Anwesenheit gelesen."

"…"

"Und deine Kampfkünste! Ein Schwert von drei Pfund fliegt in deiner Hand wie ein Schmetterling. Pfeile treffen das Zentrum, als hättest du den Kreis darum gemalt, nachdem du sie abgeschossen hast. Und dann… Und dann ist wieder etwas passiert. Das war im vorletzten Winter. Nicht?"

"…"

"Doch, es stimmt. Bei einer Schwertübung warst du dem jungen Herrn überlegen und hast ihn am Finger verletzt. Oh, was er dir dann angetan hat? In dieser Nacht kamst du nicht nach Hause. Auch nicht am nächsten Tag. Ich habe dich überall gesucht. Keine Spur von dir. Niemand hatte dich irgendwo gesehen. Wie groß meine Angst war! Ich hatte eine solche Angst um dich. Ich habe gedacht, du bist tot. Nach drei Tagen hat dich ein Jäger nach Hause gebracht. Du sahst aus wie ein Geist. Du konntest nicht einmal mehr aufrecht stehen. Der Jäger sagte, dass man dir, wie einem gefangenen Wildschwein, die Hände und Füße zusammengeschnürt hatte und dich so an einer Klippe aufgehängt hat. So hingst du frei in der Luft und wärest fast verblutet und erfroren. Nur zufällig hat er dich entdeckt, als er einen Hasen jagte. Wenn er dich nur eine Stunde später gefunden hätte, wärst du nicht mehr auf dieser Welt. Du armes Kind! Danach wolltest du nie wieder mit dem jungen Herrn eine Kampfübung machen. Wenn es nicht anders ging, hast du dich lieber schlagen lassen, als dass du gegen ihn auch nur einen Stoß ausgeführt hättest. Auch deine Pfeile flogen nie mehr ins Zentrum und landeten häufig außerhalb der Scheibe."

"Es ist genug, Mutter. Denkt nicht an solchen Sachen. Das quält Euch nur. Es vergeht ja auch kein Tag, ohne dass Euch ein Leid zugefügt wird. Ich weiß, dass Zoran, die Leibdienerin der Hausherrin, Euch ausspioniert und für Euch nie ein gutes Wort findet. Eure Liebe zum Herrn hätte Euch beinah das Leben gekostet. Ihr riskiert auch ständig Euer Leben, um mich in Schutz zu nehmen."

"Mein Kind, du bist mein Leben. Wenn ich, deine Mutter, dich nicht beschütze, wer in der ganzen Welt würde einen Finger für dich rühren?"

"Mutter, Ihr habt ein ruhigeres Leben verdient. Die anderen werden Euch in Ruhe lassen, wenn sie mich nicht mehr sehen. Und auch ich brauche freie Luft. Deshalb will ich das Haus verlassen."

11

Der Mutter fließen die Tränen über die Wangen. Sie wischt sie aber schnell ab und fasst die linke Hand von Hong Gil Dong.

"Ich habe mir schon gedacht, dass du irgendwann das Haus verlassen willst. Ich hätte mich nur mehr darauf vorbereiten sollen. So kommt dieser Tag doch zu plötzlich. Aber ich will dir nicht im Wege stehen. Geh, mein Kind!"

Hong Gil Dong fasst mit seiner rechten Hand die Hand der Mutter, die auf seiner linken Hand ruht, und drückt sie.

"Liebe Mutter, ich danke Euch, dass ich gehen darf. Sobald ich mich irgendwo niedergelassen habe, schicke ich Euch eine Nachricht. Macht Euch keine Sorgen und bleibt gesund."

Die Tränen der Mutter tropfen auf den Handrücken von Hong Gil Dong.

"Willst du dich schon heute Abend auf den Weg machen?"

"Ja, Mutter."

Hong Gil Dong führt die Hände der Mutter sanft in ihren Schoß zurück und will aufstehen.

"Halt, mein Sohn! Hier habe ich einen neuen Anzug für dich. Es wird immer kühler. So ist es gut, dass du einen wärmeren Anzug hast. Hier, nimm auch dieses Geld mit!"

Die Mutter holt einen Geldbeutel aus der kleinen Truhe, die neben ihrem Sitz steht, und legt ihn auf das Kleiderbündel.

"Hast du schon daran gedacht, wohin du willst?"

"Nein, Mutter. Ich will dahin gehen, wohin der Wind meine Füße trägt. Vielleicht bläst er zunächst nach Süden."

Hong Gil Dong macht die Große Verbeugung. Als er sich aufrichtet, fasst die Mutter noch einmal seine Hände.

"Pass gut auf dich auf! Der Buddha wird dich überall …"

"Ja, Mutter."

Hong Gil Dong schaut der Mutter in die Augen, die voller Tränen sind. Dann zieht er sanft seine Hände aus den ihren und verneigt sich nochmals. Er steckt den Geldbeutel in sein Bündel, nimmt dieses unter den linken Arm und steht auf.

"Bringe die Leuchte, die an der Ecke steht, hierher. Zünde sie an und nimm sie mit in dein Zimmer""

"Ja, Mutter."

Er befolgt die Anweisung der Mutter, geht aus dem Zimmer und drückt die Tür hinter sich zu. Er zieht die Schuhe stehend an, tritt eine Stufe hinunter in den Hof und atmet einmal tief durch.

13

Die Flucht

Der Vollmond strahlt noch am Himmel. Hong Gil Dong schaut flüchtig zum Haustor hin, kehrt jedoch durch das Zwischentor wieder in den Herrenhof zurück, woher er gekommen war. Mit schnellen und leisen Schritten durchquert er den großen Vorhof und geht nach hinten bis zu einem weiten Hinterhof. Dort stehen Geräte für Kampfübungen, zwei Zielscheiben für das Bogenschießen und einige Holzpfosten für Schwertübungen. Er läuft an ihnen vorbei bis ans Ende des Hofes und lässt sich auf der schmalen Terrasse vor einem Zimmer nieder. Er betrachtet diese Übungsgeräte eine Weile. Man kann im Mondlicht gut erkennen, dass viel auf diese Scheiben geschossen wurde und dass die Holzpfosten so manchen Schwerthieb abbekommen haben.

Er steht auf, zieht die Schuhe aus und tritt ins Zimmer ein. Dort stehen in der Mitte ein kleiner niedriger Schreibtisch und ein niedriges Regal, in dem ein paar Bücher liegen. Hong Gil Dong legt das Bündel auf den Schreibtisch und stellt die Lampe auf das Regal. Er setzt sich auf das Bett, das am Boden ausgebreitet ist, und betrachtet sein Zimmer.

Auf einer kleinen Kommode liegen sein gefalteter Mantel und sein Hut. Der schwarze Hut hat eine weit abstehende Krempe und einen hohen Zylinder. Der Stoff des Hutes erscheint zwar fest, ist aber so durchlässig und dünn, dass er den Kopf kaum vor Wind und Regen schützen kann.

Neben der Kommode steht ein kleiner Schwertständer, auf dem ein Schwert ruht. Es ist ein Jingum-Schwert aus in Feuer geschmiedeten Eisen, fast ein Meter lang und wohl über ein Kilo schwer. In seinem schwarzen Griff sind silberne Rauten eingraviert, während die Scheide nur einfach schwarz lackiert ist. Das Stichblatt zwischen Griff und Klinge hat die Form einer Blüte und ist mit Wolkenmustern dekoriert. Mit seiner leicht geschwungenen Form fügt sich das Schwert auf dem Ständer so ausgewogen und harmonisch in die Umgebung ein, als sei es überhaupt nur um seiner Schönheit willen da.

An der Wand neben dem Schwertständer ist ein Bogen aus dem Horn des Wasserbüffels aufgehängt. Es ist ein edler Jagdbogen, mit dem man auf die Wildschweinjagd oder auch sogar auf die Tigerjagd gehen kann. Er scheint noch nicht viel benutzt zu sein. In einem Köcher, der neben dem Bogen hängt, liegen einige Bambuspfeile, die mit Fasanenfedern befiedert sind. Auch sie scheinen ganz neu zu sein.

Hong Gil Dong wirft sich auf das Bett, setzt sich aber, als habe ihn etwas gestochen, sofort wieder auf. Draußen war irgendein Geräusch zu hören, wie ein Windstoß oder ein leichtes Rascheln. Er horcht. Es ist aber wieder alles still. Er legt den Kopf zur Seite und will sich wieder hinlegen, richtet sich dann aber doch auf. Er wendet sich zum Tisch und öffnet das Bündel, das dort liegt. Er schaut zunächst in den Geldbeutel. Er enthält zwei Bund Münze, also 100 Nyang. Das ist eine Summe, mit der man die Hälfte eines bescheidenen Strohdachhauses kaufen kann. Hong Gil Dong schaut auch die Kleidungsstücke an: Ein Anzug, ein Hemd, ein Unterhemd, eine Unterhose und ein paar Socken. Hier hält er inne und schließt die Augen, als wolle er vor jemandem die Tränen verbergen.

Nach einer Weile öffnet er die Augen wieder, packt das Bündel zusammen und steht auf. Er geht zur Kommode, nimmt seinen Mantel, zieht ihn an, setzt den Hut auf und schnürt dessen Kinnbänder zusammen. Nachdem er sich so fertig angezogen hatte, wirft er das Bündel über die Schulter und beugt sich zur Lampe hinunter, um sie zu löschen.

Da erblickt er das I-Ging Buch, das neben der Lampe liegt. Er nimmt es in die Hand und blättert es durch. Er setzt dann den Hut ab und lässt sich auf der Bettdecke nieder. Er holt drei Münzen aus dem breiten Mantelärmel, den man wie eine Tasche benützt, schüttelt sie in den hohlen Händen und wirft sie auf den Tisch.

"Hm. Ein junges Yang."

Er sammelt die Münzen wieder in den Händen, schüttelt sie und wirft sie.

"Ein altes Yin."

"Wieder ein junges Yang."

"Noch einmal ein altes Yin."

"Hm. Wieder ein altes Yin!"

"Aha, ein junges Yin."

Hong Gil Dong blättert im I-Ging Buch und öffnet eine Seite. Dort steht als Überschrift das chinesischen Schriftzeichen "Ming-I", das "die Verfinsterung des Lichtes" bedeutet. Neben der Schrift ist ein Hexagramm zu sehen: ☷. Es entspricht von unten nach oben den sechs Würfen, die er gemacht hat. Das untere Trigramm ☲ steht für

Strahlung und Feuer, das obere ☰ ☰ stellt das Feld oder die Erde dar. Im Hexagramm ▤▤ ist also das strahlende Licht ☰☰ unter die Erde ☰ ☰ gesunken. Sein Schein ist verdeckt, auf diese Weise ist eine Verfinsterung eingetreten. Im Inneren bleibt es jedoch hell. Das Licht geht dort nicht verloren. Deshalb sind nun nach innen Vorsicht und Zurückhaltung geboten, nach außen sind Wachheit und Achtsamkeit angebracht. Das alte Yin, das von unten auf dem zweiten Platz steht, deutet auf eine Verletzung hin, die zwar nicht lebensgefährlich sein muss, die aber doch hinderlich sein kann. Das alte Yin auf dem vierten Platz macht deutlich, dass eine Besserung nicht mehr zu erhoffen ist, und fordert deshalb doppelte Vorsicht, um der Gefahr zu entgehen. In solchen Fällen ist es am besten, den Ort des Unheils zu verlassen, noch ehe es hereinbricht.

Hong Gil Dong atmet wie beim Seufzen einmal tief auf, blättert dann das Buch noch einmal durch und öffnet eine andere Seite mit der Überschrift "Guài". Das Hexagramm ☰☰ macht die Wandlung sichtbar, die sich aus der ersten Situation ergibt. Es steht für den Durchbruch, der nach einer lange angesammelten Spannung passiert. Hier zeigt das untere Trigramm ☰ das Schöpferische und den Himmel an, das obere ☰☰ das Heitere eines Sees. Im Hexagramm ☰☰ sieht man, dass sich der

Himmel ▬▬ unter dem See ▬▬ befindet, dass er im See ruht. Aber nichts bleibt bestehen, alles wandelt sich. Das Wasser des Sees wird zum Schöpferischen, zum Himmel emporsteigen und zu einer Regenwolke werden. Der Regen wird dann auf die Erde fallen und so alle durstigen Wesen stillen. Wie bei jedem Durchbruch lauert aber auch eine Gefahr. Das Gemeine, das hier schon im Schwinden ist, wird dem Edlen nicht ohne Widerstand die Herrschaft überlassen. Ein Kampf ist daher nicht zu vermeiden. Es ist jedoch nicht förderlich, zu den Waffen zu greifen. Fördernd ist es aber auf jeden Fall, etwas zu unternehmen.

Hong Gil Dong klappt das Buch zu, stellt es auf das Regal neben dem Tisch zurück und stützt die Ellenbogen auf den Tisch und das Kinn auf den Handrücken. So bleibt er mit geschlossenen Augen sitzen. Die Stille der Nacht wird noch tiefer. Auch die Flamme der Öllampe brennt still und füllt mit ihrem zarten Licht das ganze Zimmer. Aber schon nach einer kurzen Weile öffnet Hong Gil Dong wieder die Augen und streckt die rechte Hand nach dem Bündel aus, das neben ihm liegt.

Da wird plötzlich die Tür aufgestoßen. Eine schwarze Gestalt stürmt mit einem Schwert ins Zimmer und schwingt es gegen Hong Gil Dong. Dieser neigt sich nach links, rollt sich über seinen linken Arm seitwärts ab und weicht so dem Angriff aus. Der Eindringling holt aber gleich wieder mit seinem Schwert aus. Diesmal macht Hong Gil Dong eine Vorwärtsrolle über die Schulter. Er schnellt dann wie eine gespannte Metallfeder, deren Energie sich plötzlich entlädt, vom Boden hoch, kommt auf die Beine und stellt sich so seinem Angreifer direkt gegenüber. Dieser bedrängt mit seinem Schwert erneut Hong Gil Dong, der aber weicht, bevor das Schwert ihn trifft, wieder aus, indem er sich mit einer schnellen Drehung hinter ihn stellt. Dabei tritt Hong Gil Dong dem Angreifer mit dem rechten Bein in den Rücken. Der Gegner taumelt und knickt zusammen. Hong Gil Dong setzt ihm sein Knie auf den Rücken und drückt ihn damit fest zu Boden.

"Lass das Schwert fallen!"

Der Bezwungene befolgt den Befehl. Hong Gil Dong greift ihm in die Haare, zieht den Kopf nach hinten und schaut ihm ins Gesicht.

"Wer bist du? Sag! "

"Ma….. Mein Name ist Dukze."

"Ich kenne dich nicht. Was hast du gegen mich? Sag die Wahrheit! Sonst bist du tot."

"Zo…. Zoran kam zu mir. Ich soll Sie heute Abend töten."

"Warum?"

"Ein Killer, wie ich, fragt seinen Auftragsgeber nicht nach dem Grund für den Mord. Zoran konnte aber ihren Mund nicht halten und sagte, dass Sie, wenn Sie aus dem Haus sind, dem Haus ein nie wieder gut zu machendes Unglück zufügen werden. Das habe einmal ein Wahrsager der Hausherrin geweissagt."

Hong Gil Dong lässt die Schultern sinken und sackt etwas zusammen. In diesem Augenblick befreit sich der Bezwungene, greift sich das Schwert, das neben ihm liegt, und schlägt damit nach Hong Gil Dong. Das Schwert trifft ihn am linken Knie. Hong Gil Dong springt auf, wie aus einem Traum erwacht, und weicht, da der Angreifer jetzt von der linken Seite kommt, nach vorne aus, indem er sich dem Feind zudreht. Dabei hemmt er mit seinem rechten Unterarm die Bewegung des Gegners und führt einen Fausthieb gegen seinen Brustkorb aus. Der Angreifer knickt nach vorne zusammen. Hong Gil Dong versetzt ihm noch einen Handkantenschlag in den Nacken. Der Eindringling stürzt nun zu Boden und liegt flach auf dem Bauch. Er bewegt sich nicht mehr.

Hong Gil Dong hält inne und bleibt so mit gesenktem Kopf stehen. Durch die offene Tür dringt das helle Mondlicht über die Türschwelle fast bis ins Zimmer herein. Es rührt sich nichts, drinnen

21

wie draußen. Auch im Hof ist alles still. Nur der Mond füllt nach wie vor mit seinem hellen Licht den Hof. Da weht auf einmal ein kalter Luftzug durchs Zimmer. Hong Gil Dong zuckt zusammen. Er schaut an seinem Körper hinunter und sieht sein verletztes Knie. Es hat geblutet und die Hose ist aufgeschlitzt.

Er geht zur Kommode und nimmt aus ihr eine Hose und einige lange einfache Bänder. Er zieht die Hose aus und verbindet mit einem Band die verletzte Stelle am Knie. Nachdem er durch mehrmaliges Beugen festgestellt hat, dass das Band festsitzt, zieht er die neue Hose an, setzt sich auf den Boden und schnürt die weiten Hosenenden mit den Bändern um den Knöchel zusammen. Er steht dann auf, bindet auch den Hosengürtel fest und nimmt seinen Hut und sein Reisebündel, die noch auf der Bettdecke liegen. Er bläst die Lampe aus und setzt ein Bein über die Türschwelle auf die schmale Terrasse. Da hält er aber doch noch kurz inne und wirft einen Blick auf seinen Gegner. Dieser liegt immer noch wie tot am Boden.

Hong Gil Dong geht aus dem Zimmer, zieht sich, von der Terrasse heruntersteigend, die Schuhe an und lässt seinen Blick noch einmal über den Hof schweifen. Alles ist still. Nichts rührt sich. Nur die Übungsgeräte werfen im hellen Mondlicht ihre

Schatten. Er tritt eine Stufe hinunter in den Hof und geht mit schnellen Schritten auf die hintere Mauer zu. Dort ist ein kleines Tor in die Mauer eingelassen. Er schiebt den Riegel nach rechts und öffnet so das Tor. Obwohl er das alles sehr langsam und vorsichtig macht, knackt es ein paar Mal. Er schaut nochmals zurück in den Hof. Nichts rührt sich. Alles bleibt still. Er geht dann aus dem Tor hinaus, greift den schwarzen Eisenring und zieht das Tor hinter sich fest zu.

Der Sumpf

Hong Gil Dong betritt die gewölbte Steinbrücke. Hinter ihm sieht man einen Marktplatz. Geschlossene Läden, leere Marktstände, hohe und niedrige Haufen, die mit Strohmatten bedeckt sind, und auch kleine und große Pfützen. All diese Dinge scheinen unter dem Mondlicht wie in eine weite Ferne gerückt. Er läuft am Steingeländer der Brücke entlang, bleibt in der Mitte stehen und schaut, die Hände auf das Geländer gestützt, hinunter. Unten fließt ein kleiner, seichter Fluss. Der helle Mond spiegelt sich im Wasser. Das Licht glitzert unruhig auf seiner Oberfläche. Rechts unten dehnt sich ein niedriges Ufer aus, das feucht im Licht des Mondes glänzt. Auf der höher gelegenen Uferfläche stehen zahlreiche Strohmattenzelte. Auch dort sind viele Pfützen zu sehen. Es scheint vor kurzem eine Überschwemmung gegeben zu haben.

Die Stille der Nacht wird immer tiefer. Umso lauter wirken alle Nachtgeräusche. Das Wasser im Fluss beginnt lauter zu gurgeln. Das schrille Zirpen von Zikaden klingt schriller in der Nachtluft. Hier und da hört man auch Hunde bellen.

"Zirp Zirrrrrrr Zirrrrrrr Zirp!"

"Gurk Guurk Gurgl Gurgl!"

"Mong Mong Wau Wang Uaaaang!"

Auf einmal huscht eine dunkle Gestalt an Hong Gil Dong vorbei, reißt ihm das Bündel vom Rücken und läuft blitzschnell unter die Brücke. Hong Gil Dong sieht sich um und springt dann über das Brückengeländer. Sein Körper fliegt wie eine Fledermaus hinunter und landet sanft auf dem Boden. Er kann aber dort keinen Halt finden und sich nicht vorwärts bewegen. Seine Füße sinken ein. Es ist ein Sumpf. Er rudert mit den Armen in der Luft. Er versucht die Füße aus dem Schlamm zu ziehen. Er kann sie aber nicht heben. Er rudert, zappelt, strampelt. Er sinkt aber nur immer tiefer ein. Je heftiger er strampelt, desto schneller sinkt er ein. Seine Waden, seine Knie, seine Oberschenkel. Der Unterkörper verschwindet in der Tiefe. Er rudert weiter mit den Armen in der Luft und windet sich.

Vergebens. Immer weiter sinkt er ein. Bald ist er bis zum Bauch versunken und dann bis zur Brust.

"Hilfe! Kann mich jemand hören?"

Er horcht.

"Helft mir! Bitte jemand muss mir helfen!"

Er greift mit den Händen in die Luft, als wolle er ins Licht des Mondes greifen, als könne ihm die Lichtscheibe einen Halt geben. Bald kann er aber nicht mehr schreien. Der Schlamm droht ihm in den Mund einzudringen. Er wehrt sich noch, indem er sein Kinn hochhebt und nach links und nach rechts dreht. Und noch einmal. Und dann nicht mehr. Er schließt den Mund und dann die Augen. Bald sieht man nur noch seinen schwarzen Hut im Mondschein schimmern und seine Hand aus dem Schlamm ragen.

"Zrrrk Zirrrrrrrrrrrrrrp Zir!"

"Ddorrll Dlll Dddrrlll Dull!"

"Wau Wau Mong Mung!"

"Zrp Zirrrrrr Zr Zrp!"

"Grgl Grglgrgl Grl Grrrgl!"

"Uang Uang Wauuuuu......!"

"Zrrrrrrrrrr...........!"

"Uuuuuu.............!"

<<...>>

"Oma, Oma! Er macht die Augen auf! Schnell, komm ma her!"

"Wiiie?"

Eine Frau steckt ihren Kopf zur Hütte herein, von dem man wegen des schwachen Lichts im Raum nur die weißen Haare erkennen kann.

"Ja. Oma. Guck ma!"

Sie kommt herein. Ihr Körper ist so klein und so gekrümmt wie eine bucklige Spinne, die sich langsam vorwärts schiebt. Die kurze Bluse und der lange Rock, den sie anhat, bestehen nur aus Fetzen, die man kaum noch als Kleidung erkennen kann. Sie setzt sich am Kopfende des Liegenden nieder.

"Wie geht's? Kann er sprechen? Kann er uns sehen?"

"… Kuff! Kuff!"

"Ja, ja. Gut. Drei Tage. Drei Tage lang hat er nur geschlafen."

"Kuff. Kkuff…"

"Halb tot hat man ihn aus dem Schlamm gezogen."

"Kkkuch!"

"Viele Leute haben ihn zusammen... Wie ist er denn da rein gekommen?"

"W….Kkuff! W…asser."

"Ja, trinken. Du, Gedonga, bring mal Wasser!"

Der kleine Junge, der neben ihm gesessen hatte, kriecht hinaus.

"Wir dachten, er ist schon tot, aber er war doch noch nicht ganz hinüber. Er hat noch geatmet. Doch der Bote aus dem Jenseits war bestimmt schon da. Ja, am Tor des Jenseits war er schon..."

"Hier Oma, Wasser."

Hong Gil Dong versucht aufzustehen, schafft es aber nicht. Seine Hände und Füße sind gefesselt. Die Oma hebt seinen Kopf an und legt ihn in ihren Schoß. Sie steckt ihm eine halb zerbrochene getrocknete Kürbisschale, die mit Wasser gefüllt ist, in den Mund.

"... Kuff! Kuff! Wo... Kuff! Kuff! ... bin ich?"

Er schaut sich um und dabei liegt sein Kopf noch im Schoß der Oma. Drinnen ist es dunkel und es riecht auch übel. Trotz der Dunkelheit kann man überall Strohmatten erkennen, die alt und halb verfault sind. Die vier Wände sind aus Strohmatten. Auf dem Fußboden liegen Strohmatten. Darauf ist loses Stroh gestreut, das aber etwas trockener und frischer aussieht. Die niedrige Decke, die auch aus Strohmatten besteht, ist so tief nach unten gesunken, dass man dran stoßen wird, wenn man sich aufrichtet. Auch Hong Gil Dong ist bis zur Hüfte mit einer dünnen Strohmatte zugedeckt.

28

Der kleine Junge, der ihm Wasser gebracht hatte, kriecht wieder hinaus. Die Oma bleibt weiter am Kopfende von Hong Gil Dong sitzen.

"Es ist ein Glück, dass er überlebt hat. Aus dem Sumpf kann keiner ..."

"Wo bin ich?"

"... alleine raus. Nein, nein, keiner schafft das. Alle wissen's. Das Beste im Sumpf ist, sich sofort auf den Rücken zu legen, sich breit zu machen und sich nicht zu bewegen. Und warten, Hilfe rufen. Geduld haben und warten. Doch, doch. Das ist das Beste. Du kannst nichts anderes tun. Wenn du etwas tust, wird's nur noch schlimmer. In Ruhe ..."

In diesem Moment kommen ein junger und ein älterer Mann herein. Ihre Haare sind wirr und zerzaust. Ihre Kleider bestehen auch nur aus Fetzen.

"Oma, wir haben gehört. Der Mann ist wach."

Der ältere Mann, der als erster hereinkommt, setzt sich an die rechte Seite von Hong Gil Dong. Der junge setzt sich an den Eingang der Strohhütte.

"Sie gehören sicher zu einer adligen Familie. Das konnte man an der Kleidung erkennen. Wie heißen Sie denn?"

"H... Kuff! Kuff! H... Kuff! Kuff! H...ong Gil Dong."

Hong Gil Dong richtet sich auf, indem er sich seitlich mit dem rechten Ellenbogen abstützt. Er schaut seine zusammengebundenen Hände an. Ein Strohseil ist zweimal um die Handgelenke gewickelt. Die Füße sind ebenfalls mit einem Strohseil gefesselt. Seine Kleidung besteht auch nur noch aus Fetzen. Der junge Mann am Eingang triumphiert.

"Habe ich's nicht gesagt? Hab ich nicht recht gehabt? Er ist Hong Gil Dong. Auf dem Bild konnte ich ihn sofort erkennen… Obwohl das Bild ganz schlecht gemalt ist."

"Wo … Kuff! Wovon sprechen Sie? Woher kennen Sie meinen Namen?"

"Die Polizei .."

"Die Polizei sucht Sie. Seit drei Tagen werden Sie von der Polizei gesucht. Also die ganze Zeit, während Sie hier lagen und schliefen."

"Ich verstehe das nicht. Warum?"

"Warum? Wie? Sie wissen nicht warum?"

"Nein."

"Verdammt! Ich wollte das nicht glauben. Etwas läuft hier wieder mal ganz schön krumm!"

"…"

"Gut, ich erzähle es Ihnen. Also, was passiert ist... Als wir Sie aus dem Sumpf gezogen haben, haben wir uns gewundert, was ein Adliger in dieser späten Nacht hier in diesem Bettlerviertel zu suchen hat. Aber Sie waren ja bewusstlos. Also konnten wir Sie nicht fragen. Dann haben wir Sie in

Omas Hütte gebracht, damit sie sich um Sie kümmern kann. Am nächsten Tag haben wir erfahren, dass ein Mörder namens Hong Gil Dong von der Polizei gesucht wird."

"Mörder?"

"Das Fahndungsplakat sagt, dass Sie zu Hause einen Mann umgebracht haben und aus dem Haus entflohen sind."

"Verleumdung! Ich habe ihn nur mal kurz außer Gefecht gesetzt. Er war bewusstlos und nicht tot."

"Aha, so war es. Auf jeden Fall sind überall in der Stadt Polizisten. Jeder wird überprüft. Die Belohnung ist Silbermünze 100 Nyang."

"Das kann ich nicht glauben."

"Ob Sie's glauben oder nicht, es ist die Wahrheit. Wenn Sie mir nicht glauben, können wir Ihnen ja den Steckbrief besorgen. Gadai, der junge Mann da, hat vermutet, dass Sie der gesuchte Hong Gil Dong sein könnten. Ich war aber nicht sicher. Wir wollten auch nicht zur Polizei, weil wir als Bettler immer wie der letzte Dreck behandelt und zu Tode geprügelt werden, wenn wir eine falsche Information liefern. So haben wir zunächst abgewartet, bis Sie wach werden. Als Vorsichtsmaßnahme haben wir Sie gefesselt, damit Sie nicht …"

Während der Mann redet, streift Hong Gil Dong seine Fesseln ab und springt nach vorne zum

31

Ausgang. Der junge Mann, der am Ausgang sitzt, stellt ihm aber ein Bein. Hong Gil Dong stolpert und fällt auf die Nase. Sofort setzen sich die beiden Männer auf ihn und drehen ihm die Arme auf den Rücken.

"Nein, nein. Nicht so! Aber Sie besitzen ja eine unglaubliche Körperkraft. Mit bloßen Händen und Füßen das Seil abstreifen. Das kann nicht jeder. Und das auch noch nach einem so schweren Unfall. Ihr Ruf ist wohl doch nicht ganz unbegründet. Mittlerweile habe ich viele Informationen über Sie gesammelt."

"..."

"Für uns Bettler sind Informationen lebenswichtig. Wir wissen zum Beispiel immer ganz genau, welche Familie am welchen Tag Gedenkfeier hat. Gedenkfeiern sind ja das allerwichtigste hierzulande. Wenn du eine Gedenkfeier deiner Vorfahren vernachlässigst, wirst du es in deinem Leben nie zu etwas bringen. Wir glauben fest daran, dass unsere Ahnen im Leben für uns sorgen. Wir werden lieber drei Tage hungern, als dass wir eine Gedenkfreier vergessen. Genauso wie die Ahnengeister leben wir Bettler von Gedenkfeiern. Wir haben natürlich auch andere Erwerbsquellen wie Hochzeiten, Geburtstagsfeiern, Einweihungsfeiern von Häusern und Geschäften und so weiter. Da gibt es immer reichlich was zu essen. Damit will ich sagen, dass wir sehr gute Informationen über das Leben in der ganzen Stadt haben. Wir haben also rumgehört. Jetzt wissen wir so einiges über Sie."

"…"

"Von hier wegzulaufen ist für Sie übrigens keine gute Idee. Vergessen Sie nicht, dass Sie ein von der Polizei gesuchter Mörder sind."

"Ich bin kein Mörder."

"Das sagen Sie, glauben wird es ihnen aber niemand. Wer weiß, vielleicht haben Ihre Feinde den Mann nachträglich getötet, damit sie einen handfesten Beweis gegen Sie haben. So etwas passiert ja ständig."

"…"

"Tatsache ist, dass Sie polizeilich gesucht sind. Wenn Sie es nicht glauben wollen, können wir Ihnen, wie schon gesagt, einen Steckbrief besorgen. Aber davor müssen Sie versprechen, dass Sie nicht mehr versuchen, von hier wegzulaufen."

"Gut, besorgen Sie mir den Steckbrief. Ich verspreche hier zu bleiben, bis ich es gelesen habe."

"Ja gut. Du, Gadai, bringe ein Fahndungsplakat. Aber Vorsicht! Wenn dich jemand dabei erwischt, bist du tot."

"Ja, keine Sorge!"

Der junge Mann rennt hinaus. Der ältere Mann steigt nun auch von Hong Gil Dongs Rücken herunter und geht an seinen alten Platz zurück. Hong Gil Dong richtet sich auf und nimmt wieder den Platz ein, an dem er vorher gelegen hatte. Da geht die Oma, die bis jetzt nur so da gesessen hatte, auch hinaus.

"Herr Hong Gil Dong, hören Sie mir zu. Wir werden Sie sowieso nicht der Polizei ausliefern. Wir haben mehrere Gründe dafür. Selbst wenn wir Sie zur Polizei bringen, würden wir keine einzige Silbermünze zu Gesicht bekommen. So werden wir Bettler immer behandelt. Wenn wir dafür nicht noch verprügelt werden, ist es schon ein Glück. Zweitens, während wir Informationen über Sie gesammelt haben, wurde uns klar, dass wir eigentlich Schicksalsgenossen sind. Sie mussten ja auch so viele Ungerechtigkeiten erleiden."

"…"

"Wenn Sie wollen, können wir Ihnen dabei helfen, von hier zu entfliehen. Die Überwachung der vier Stadttore ist, wie Sie sich ja selbst ausrechnen können, verschärft worden. Man munkelt zwar, dass Sie ziemlich schnell laufen können und in der Kampfkunst allen Gegnern überlegen sind. Trotzdem können Sie es auf eigenen Faust nicht schaffen, aus der Stadt zu kommen.

"…"

"Ich kann Ihnen auch, wenn Sie wollen, einen Ort nennen, wohin Sie gehen können. Ich kenne einen buddhistischen Tempel im Süden. Sang Ge Sa Tempel heißt er. Da wohnt ein Meister, bei dem Sie noch vieles lernen können. Er weiß eben alles, was man im Leben braucht. Er tut auch Wunder und läuft so schnell, wie ein Vogel fliegt. Er lässt …"

In diesem Augenblick stürzt der junge Mann herein.

"Onkel, Hach! Huch! Hier… Hach! Hier ist das … Hach! das Fahndungsplakat."

Hong Gil Dong schnappt sich das Plakat und breitet es auf dem Boden aus. Das grobe Hanji-Papier ist fast einen Meter groß. Die beiden Ränder sind eingerissen und auch in der Mitte ist es an einigen Stellen gebrochen. Vielleicht hat man es zu hastig von der Wand abgerissen. Es ist mit chinesischen Schriftzeichen von oben nach unten beschrieben. Auf der linken Seite sieht man das Bild eines Mannes. Man kann darüber streiten, ob das Bild Ähnlichkeit mit Hong Gil Dong hat. Der Text ist von rechts nach links zu lesen. Trotz der fehlenden Schriftzeichen an den löchrigen Stellen ist der Inhalt des Plakats ohne weiteres zu verstehen.

"Fahndung.

Der hier beschriebene Mann ist, nachdem er einen Menschen getötet hat, aus dem Haus geflohen und wird mit Haftbefehl gesucht.

Name: Hong Gil Dong

Alter: Zwanzig

Körperbau: hochgewachsen und stark

Kleidung: Adelskleidung mit weitem Mantel und Zylinderhut.

Belohnung in Höhe von 100 Silbermünzen Nyang.

Wer ihn gesehen hat oder Angaben zu seinem Aufenthaltsort machen kann, soll sich sofort bei der Polizei melden.

Nationales Polizeipräsidium."

Hong Gil Dong starrt auf den Steckbrief. Die Oma, die mittlerweile wieder hereingekommen war, schiebt ihm eine zerbrochene Kürbisschale mit zwei Kartoffeln hin.

"Er muss essen. Ich habe die Kartoffeln für ihn beiseite gebracht und nicht einmal dem immer hungrigen Gedongi eine davon abgegeben. Er hat drei Tage nichts gegessen. Er muss sehr hungrig sein. Essen gibt ihm sicher wieder Kraft."

Hong Gil Dong schaut die zwei zerdrückten Kartoffeln an, die an der Wand der Kürbisschale kleben. Das Innere der Kürbisschale ist so ver-schmutzt, dass gegen diesen dunklen Hintergrund

von den Kartoffeln im schwachen Licht des Rau-
mes ein Schimmer auszugehen scheint.

Der Holzhacker

Hong Gil Dong kommt durch das große Haustor. Der Gutsverwalter führt ihn über den weiträumigen Hof. Der Boden ist frisch gefegt und vollkommen sauber. Nicht einmal ein vertrocknetes Blatt wird vom Wind über den Boden geweht. Nur das grelle Licht der Augustsonne liegt auf ihm. Eine hohe Mauer umschließt den Hof. An der Mauer stehen dicht nebeneinander große Laubbäume. Der Schatten der Bäume lässt die Mauer dicker und dunkler erscheinen.

Der Gutsverwalter geht mit seinen großen, aber vorsichtigen Schritten voran. Hong Gil Dong läuft hinterher. Er hat ein weißes Tuch um den Kopf gebunden. Ein zweites Tuch hängt ihm um den Hals. Seine schlichte Jacke ist weiß, weit und dünn.

Die Ärmel sind hochgekrempelt. Die Muskeln seiner Arme sind fest und gut entwickelt. Er trägt eine leere Holzkiepe auf dem Rücken.

Beim Laufen blickt er zur Terrasse. Die Terrasse ist groß. Links und rechts von ihr sind zwei Zimmer. Das linke Zimmer ist größer als das rechte. Ein kleiner niedriger Tisch steht in seiner Mitte. Dahinter liegt ein Sitzkissen. Sonst ist die Terrasse leer. In diesem Moment tritt eine weibliche Person aus dem linken Zimmer, sie ist dann aber gleich schon wieder verschwunden. Es ist, als ob die beiden Vorbeigehenden sie zurück ins Zimmer gestoßen hätten.

Die beiden Männer biegen um die Ecke und gehen bis zum Hinterhof. Dort liegt ein riesiger Berg von kurz gesägten Holzstücken.

"Dieses Holz musst du heute alles klein hacken und in der Scheune aufstapeln."

Kaum hat der Gutsverwalter das gesagt, ist er auch schon wieder verschwunden. Hong Gil Dong schaut sich um, wischt sich mit dem um den Hals hängenden Tuch den Schweiß vom Gesicht ab, zieht die Jacke aus und hängt sie zusammen mit dem Tuch an einen halb verfaulten Holzpfosten. Solche Pfosten hätte man für Schwertübungen sehr gut gebrauchen können. Er geht zum Hackklotz. Eine Axt ist in ihn eingeschlagen. Er nimmt sie in die Hand und prüft die Schärfe der Schneide. Er packt Schaft und Klinge und prüft, ob sie fest miteinander verbunden sind. Er scheint mit dem Werkzeug zufrieden zu sein.

Er wählt dann ein großes Holzstück aus und stellt es auf den Hackklotz. Mit kräftigem Schwung trifft er genau die Mitte des Holzstückes.

"Tack!"

Das Stück ist gespalten. Die eine Hälfte fischt er vom Boden auf und legt sie quer auf den Klotz.

"Tick!"

Das Holz fällt in zwei Teile auseinander. Die zerkleinerten Stücke wirft er auf den Boden. Er nimmt die andere Hälfte des großen Holzstücks.

"Tick!"
"Tack!"

<<…>>

"Tick!"
"Tack!"
"Tick!"

Über seinen Rücken rinnt der Schweiß. Auch die hochgekrempelten Hosenbeine sind schweißnass und kleben an seinen Oberschenkeln.

"Gönnen Sie sich jetzt mal eine kleine Pause! Unsere junge gnädige Herrin lässt Ihnen eine kleine Stärkung schicken."

Diese fröhliche weibliche Stimme stoppt den Gesang des Tick-Tacks, der sich bis dahin über das ganze Anwesen verbreitet hatte und in jedes Zimmer des Hauses eingedrungen war. Der Haufen der gehackten Holzstücke hat schon eine beträchtliche Höhe erreicht. Hong Gil Dong dreht sich um. Eine kleine, junge Magd stellt gerade einen Korb mit Essen auf den Holzhaufen. Er nimmt das Tuch vom Pfosten ab und trocknet sich den Schweiß von Gesicht und Brust ab.

"Sie sind ja der fleißigste Holzhacker, den ich je gesehen habe. Ihre Arbeit ist fantastisch! Alle sind beeindruckt. Vorm Winter brauchen wir jetzt wirklich keine Angst mehr haben. Aber jetzt! Ich habe einen Korb mit Essen gebracht. Zuerst hier eine Schale kühles Reisbier. Trinken Sie es in einem Zug! Es wird Sie abkühlen."

Hong Gil Dong nimmt die Schale und trinkt sie in einem Zug leer. Er wischt sich mit dem Handrücken den Mund ab.

"Uauh! Sie trinken, wie es sich für einen richtigen Mann gehört. Das sieht jeder. Ganz toll! Hier! Nehmen Sie diese Hühnerkeule."

Hong Gil Dong nimmt die Keule und beißt ein Stück ab.

"Uauh! Sie essen, wie es sich für einen richtigen Mann gehört. Das sieht jeder. Toll! Es schmeckt Ihnen, stimmt's?"

Hong Gil Dong nickt nur.

"Ja! Muss sein! Unsere junge gnädige Herrin ist ja auch eine tolle Köchin."

"Hat das deine junge Herrin gekocht?"

"Na, klar! Wer sonst! Sie kocht alles. Alles schmeckt, was sie kocht. Manchmal kocht sie aber viel zu viel. Eigentlich nicht manchmal, sondern immer. Ich habe gehört, dass sie im Kloster auch so viel gekocht hat. Das ist klar. Da kommen ja so viele Leute. Da muss man viel kochen. Man sagt, im Kloster hätte sie gekocht, gelacht und gesungen. Mantren singen, das sei ihre Lieblingsbeschäftigung gewesen. Hier aber kocht sie nur. Schade eigentlich. Sie lacht nicht, sie singt nicht. Sie spricht auch kaum."

"War sie im Kloster?"

"Ach, wussten Sie das nicht? Sie war ja eine Halbnonne. Das Kloster war ihr Zuhause. Man munkelt, sie wurde als neugeborenes Baby ins Kloster gebracht. Eigentlich nicht gebracht, sondern dort vor dem Tempeltor abgelegt. Es sei tief im Winter gewesen, im Januar oder so. Der gnädige

Abt hat sie vor dem Tor des Klosters liegend gefunden. Früh morgens, im Schnee, im Wind. In eine Decke gewickelt lag sie da. Unsere arme junge gnädige Herrin!"

"Wie ist es denn dazu gekommen, dass sie eure gnädige Herrin geworden ist?"

"Ach, wussten Sie das nicht? Sie war das Geburtstagsgeschenk für unseren großen gnädigen Herrn. Das war sein großer sechzigster Geburtstag. Das Geschenk war die Idee unseres kleinen gnädigen Herrn. Dem Vater sollte damit die Jugend zurückgebracht werden. Da war unsere junge gnädige Herrin gerade mal sechzehn Jahre alt. Es ist vier Jahre her. Unsere arme junge gnädige Herrin!"

"Kommt er häufig hierher?"

"Wer? Unser großer gnädiger Herr? Nein, jetzt nicht mehr so häufig. In den ersten Jahren kam er immer, wenn er Zeit hatte. Oder wenn er im Lande war. Er geht ja häufig nach China. Klar, als Außenminister muss man häufig ins Ausland gehen. Die Reisen dauern ja auch immer so lange. Sechs, sieben Monaten, meistens. Auch jetzt ist er seit zwei Monaten unterwegs. Aber wenn er kommt, bringt er immer viele schöne Sachen mit! Perlenketten, Goldringe, Silberringe, Ringe mit verschiedenen Edelsteinen. Oh, wie viele Kleidungsornamente sie hat! Wie glänzend all ihr Haarschmuck ist! Und nicht nur Schmuckstücke. Er bringt auch so viele seltsame Sachen mit, die man noch nie gesehen hat. Aber es scheint, dass unsere junge gnädige Herrin von all solchen schönen Dingen nicht besonders beeindruckt ist. Wenn er sie bringt, trägt sie den Schmuck oder die Kleidung nur, solange er da ist. Wenn er weggeht, legt sie alle Sachen wieder ab und sie häufen sich einfach in der Kommode an. So hat sie die gleichen Sachen nie zweimal getragen. Unserem großen gnädigen Herrn scheint das aber nichts auszumachen. Er bringt immer was Neues mit. Eigentlich könnte sie die glücklichste Frau der Welt sein. Aber sie lacht nicht, sie singt nicht. Mantren singen. Das würde ich gerne mal hören. Ich bin ja schließlich auch eine Buddhistin."

"Besucht sie denn nicht manchmal ihr altes Kloster?"

"Oh nein! Das gerade nicht. Das ist auch das einzige, was sie nicht darf. Am Anfang hat sie es einmal gemacht. Das war, als unser großer gnädiger Herr im Ausland war. Als er das aber später erfahren hatte, hat er sich unheimlich aufgeregt und mich sogar verprügeln lassen. Ich hatte sie ja dabei begleitet. Mit Tränen hat sie eine Salbe für mich gemacht und meine Wunden geheilt. Von da ab hat sie mit dieser seltsamen Gewohnheit angefangen. In der Nacht, wenn der Mond scheint, sitzt sie

44

einfach auf der Terrasse und schaut den Mond an. Manchmal Stunden lang. Ach, bald ist ja Halbmond. Sie mag den Halbmond sehr. Heute Abend wird sie sicher auch auf der Terrasse sitzen und den Mond anschauen. Ach, ich habe wieder viel zu viel gequasselt. Sie sind ja auch mit dem Essen schon fertig. Jetzt muss ich auch auf den Markt gehen. Zum Abendessen muss ich noch einiges holen. Jetzt aber, vergießen Sie Schweiß!"

Der Gesang des Tick-Tacks dringt wieder überall ins Haus: In die Zimmer der Herrschaften, in die Zimmer der Dienerschaft, in die Gästezimmer, in die Küche und auch in die Scheune.

"Tick!"

"Tack!"

"Tick!"

"Tick!"

"Tack!"

<<···>>

"Gute Arbeit! Ich habe gedacht, du brauchst mindestens sieben Tage. Du hast es in drei Tage geschafft. Kaum zu glauben. Kein normaler Mensch würde das schaffen."

"Herr Holzhacker, das können Sie unserem Herrn Gutsverwalter gerne glauben. Ich habe ihn bis jetzt noch nie einen Arbeiter loben hören. Auch unsere junge gnädige Herrin hat gelacht. Sie hat gerne zugeschaut, wie die Scheune immer voller wurde. Jetzt gibt es in der Scheune kaum noch Platz. Sie ist froh, dass sie für den Winter so viel zum Brennen hat. Sie friert ja immer so fürchterlich. Besonders wenn es tief in den Winter hinein geht, im Januar oder so, dann zittert sie nur so vor sich hin. Die ganze Zeit!"

Die Tür der Scheune, die jetzt mit Brennholz vollgepackt ist, steht weit offen. Aus ihr strömt ein frischer Holzgeruch und verbreitet sich im ganzen Hof. Der Geruch kitzelt einem in der Nase.

Der Halbmond

Hong Gil Dong schaut kurz zu einem Baum, der im Hof in den Himmel ragt und dessen Äste nach außen gewachsen sind. Er nimmt einen Anlauf und macht mit vollem Schwung zwei Schritte an der Steinmauer hoch. Man könnte meinen, dass er die Mauer empor rennt. Eine Katze, die auf dem Mauerdach gesessen hatte, weicht aus, als würde sie dem Eindringling Platz machen müssen.

"Mijauuung...."

Diese unerwartete Störung kann ihn aber nicht einmal für einen Augenblick aufhalten. Sein linker Fuß ist noch an der senkrechten Mauer. Er packt den Ast des Baumes, zu dem er vorhin hinaufgeschaut hatte, und landet leicht und sanft auf dem Mauerdach. Keiner der Firstziegel, die in drei Lagen übereinander liegen, rührt sich dabei. Vom First steigt er auf den Ast, den er vorher mit der Hand gepackt hatte, und läuft auf dem Ast entlang bis zum Stamm des Baumes.

Er schaut in alle Richtungen, als wolle er sich von da aus einen Überblick verschaffen, scheint das dann aber gleich wieder aufzugeben. Dicht gewachsene Blätter und Zweige stechen ihm ins Gesicht und seine Augen schließen sich.

Er klettert am Baumstamm von Ast zu Ast hinunter und kommt so zum letzten Ast, an dem nur einige vertrocknete Blätter hängen. Eines davon fällt gerade auf den Boden. Hong Gil Dong schaut den Baum hinab. Alles liegt in der Dunkelheit und nichts ist zu erkennen. Nicht einmal, ob das herabfallende Blatt bereits auf dem Boden gelandet ist oder ob es noch in der Luft tanzt. Er geht in die Hocke, umklammert den Baumstamm, klettert daran Stück für Stück hinunter und erreicht schon fast den Boden. Er sucht mit seinen Füßen nach einem sicheren Halt und findet ihn nach einigem Tasten. Dabei setzt er seine Füße so vorsichtig auf, dass kaum ein Laut zu hören ist. Nichts knackt. Nur das dürre Laub raschelt, als streiche der Wind durch die Blätter.

"Ssst"

Selbst dieses Rascheln geht im schrillen Gezirpe der Zikaden unter, das die sonst stille Nacht erfüllt.

"Zirrrrr Zirp Zirrr"

"Zirp Zirrrrrr Zirr"

"Zir Zirr Zirrrrrrrrrrrrrr Zirp"

Das Gezirpe macht einen fast taub. Hong Gil Dong drückt den Rücken dicht an den Baumstamm und stellt sich in Richtung zum Hof, der im Schein des Mondes liegt. Wegen des dichten Laubes dringt das Licht nicht bis unter die Bäume. Vom hellen Hof aus gesehen stehen Bäume und Mauer bewegungslos in der Finsternis, als geschähe hier nichts.

Hong Gil Dong blickt zum Haus hinüber. Von hier aus ist aber nur die Vorderseite der Terrasse zu sehen. Er macht ein paar Schritte an der Mauer entlang und gelangt bald an eine Stelle, die ihm eine bessere Sicht erlaubt. Eine Frau sitzt in der Mitte der Terrasse. Ein dünner Rauch steigt aus einem Metallbecken neben ihr auf. Wahrscheinlich verbrennt man Wermutkraut, um die Mücken zu vertreiben, die einen besonders um diese Stunde stören. Die Frau hat einen Fächer in der Hand, den sie langsam bewegt. Auf den ersten Blick sieht es aus, als versuche sie, sich dadurch Kühlung zu verschaffen. Es ist aber auch nicht auszuschließen, dass sie die lästigen Mücken vertreiben will oder gar den Rauch, der zu ihr hin weht.

Hong Gil Dong kehrt nun nochmals dahin zurück, wo er vorher war, läuft dann aber doch noch weiter bis zum Hinterhof. Am Ende der Mauer kommt er dicht an der Scheune vorbei, die aus Lehm gemauert und mit Schilf gedeckt ist. Am anderen Ende des Hinterhofes glänzen im Licht des Mondes viele verschiedene Tonfässer, Tonkrüge und Tontöpfe, die mit Deckeln zugedeckt sind, die selbst wie Tonschüsseln aussehen. Sie haben sehr unterschiedliche Größen. Manche sind mannsgroß und andere sind so klein wie eine Ziervase. Daneben sieht man einen runden Hausbrunnen mit einem Holzdach, an dem ein Schöpfkrug hängt. Zwischen dem Brunnen und der Scheune steht der Hackklotz. Um ihn herum liegen ein paar Holzscheite, die im Licht des Mondes unruhig zu flimmern scheinen.

Eine Maus, die gerade aus ihrem Mauerloch gekrochen war, läuft flink über den Hof und schlüpft durch einen Türspalt in die Küche. Als ob er es der Maus nachmachen wolle, verlässt Hong Gil Dong die Scheune, rennt über den Hof und stellt sich schnell an die Wand des Hauses. Er läuft dann im Seitwärtsgang dicht an der Hauswand entlang. Das Haus wirft nun einen langen Schatten. Bald dürfte es Mitternacht sein. Der zunehmende Halbmond sinkt schnell tiefer.

Hong Gil Dong geht nun um die Küche herum und tritt in den Vorderhof ein. An dem langen Dachvorsprung hängen allerlei Gemüse, die getrocknet werden sollen. Rote Peperoni, grüne Rettichblätter, violette Auberginen, grünweißliche Zucchini, goldene Kürbisstreifen, silberne Knoblauchknollen... Die Gemüse scheinen aber in der Dunkelheit trotz des Mondlichts fast ihre Farbe verloren zu haben, die durch das Trocknen sowieso schon dunkel geworden war. Nur das Weiß der silbernen Knoblauchknollen leuchtet.

An der Küchenwand beginnt ein Zimmer, das auf der anderen Seite an die große Terrasse grenzt. Es hat zum Hof hin eine Tür mit zwei Flügeln. Das Gitter der Holztür ist mit einem dünnen geölten Hanji-Papier geklebt. Durch die Tür schimmert ein schwaches Licht. Der Geruch von verbranntem Wermut liegt in der Luft.

Hong Gil Dong kauert sich auf der schmalen Terrasse dicht vor die Tür hin. Wegen des langen Dachvorsprungs und der erhöhten Türschwelle beleuchtet das Licht des Mondes nur deren unteren Rand. Hong Gil Dong zieht an dem schwarzen Eisenring der Tür. Sie ist von innen verriegelt. Er holt einen kleinen Metallhaken aus seiner linken

Ärmeltasche, schlitzt das Papier nahe am Türgriff auf und schiebt den Haken durch den Schlitz nach innen.

"Klick!"

Das Geräusch war kaum zu hören. Der Riegel des Türgriffs ist auf. Hong Gil Dong öffnet einen Flügel der Tür langsam und geräuschlos, überschreitet die hohe Türschwelle und tritt so ins Zimmer ein. Drinnen stellt er sich schnell an die Wand. Sein Schatten fällt nicht mehr auf die Tür.

Im Zimmer ist niemand. Nur eine Kerze brennt in seiner Mitte. Der Raum ist schlicht eingerichtet. An der linken Wand steht ein kleiner vierteiliger Paravent, der mit Chrysanthemen und Vögeln bemalt ist. Vor dem Paravent ist ein Futon-Bett auf dem Boden ausgelegt. Ein kleines niedriges Tischchen steht am Kopfende des Bettes. Im hinteren Zimmereck befindet sich eine niedrige breite Kommode, die mit Perlmutt verziert ist.

Der Kerzenschein fällt warm auf die vierteilige Zimmertür, die von rechts auf die Terrasse führt. Hong Gil Dong läuft seitwärts am Futon-Bett entlang zur Kommode hin. Sie ist mit einem Schloss aus Weißkupfer gesichert. Es hat die Form eines Karpfens, der zu beiden Enden hin gekrümmt ist. Wahrscheinlich hat man es einem Schuppenkarpfen nachgebildet. Die einzelnen silbernen Schuppen glänzen im Kerzenlicht so lebendig, als würde der Fisch jedem aus der Hand gleiten, der versucht, ihn zu fangen. Hong Gil Dong kauert sich vor dem Schloss nieder und schiebt seinen Metallhaken in den offenen Mund des Fisches.

"Tick!"

Das Schloss ist offen. Hong Gil Dong macht die Türen der Kommode mit beiden Händen auf. Als erstes sind zwei Schmuckkästchen zu sehen, die übereinander liegen. Hong Gil Dong nimmt einen Stoffsack aus seiner Ärmeltasche, faltete ihn auseinander und hält ihn in der linken Hand. Mit der rechten Hand nimmt er die beiden Schmuckkästchen heraus und steckt sie sorgfältig in den Sack. Daneben liegen noch mehrere größere Schmuckstücke. Er nimmt alles und lässt es in seinem Sack verschwinden. Dann fischt er noch die letzte rubinbesetzte Haarspange heraus. Nun ist die Kommode leer. Hong Gil Dong bindet den Sack zusammen, fasst seine Beute fest mit der rechten Hand und blickt sich um, während er noch am Boden sitzt.

In diesem Moment öffnet sich die Tür an der Terrassenseite und eine mittelgroße, einfach gekleidete Frau kommt herein. Die vier Augen treffen sich.

"Der Holzha…."

Hong Gil Dong lässt seine Beute fallen, springt, noch bevor sie das Wort zu Ende sprechen kann, blitzschnell vom Boden auf, fasst sie von hinten mit einem Arm um den Oberkörper und hält ihr mit der anderen Hand den Mund zu. Er löscht die Kerze aus, indem er sich mit ihr aufs Bett wirft. Das Zimmer wird stockdunkel. Auch der Halbmond muss mittlerweile untergegangen sein. In dieser tiefen Finsternis wird alles eins. Sie verschlingt auch alle Geräusche, das Zirpen, das Rascheln, das Keuchen, das Seufzen…

Das Lager im Tal

Seit August haben wir alle hier richtig hart gearbeitet. Heute können wir das Wohnhaus beziehen und niemand braucht mehr in Strohzelten zu schlafen. Wir dürfen jetzt sagen, dass wir mit dem Aufbau unseres Lagers im Tal soweit fertig sind. Es hat länger gedauert, als wir dachten. Vor dem richtigen Wintereinbruch wollten wir ja alles soweit unter Dach und Fach haben. Jetzt besteht unser Lager aus einem Wohnhaus mit Küche, einer Werkstatt und einem Pferdestall. Im Wohnhaus haben wir insgesamt vier Zimmer. Da können mindestens zwanzig Leute schlafen. Dauerhaft wohnen hier also eins, zwei, drei, vier, fünf, sechs, sieben, acht, neun, zehn, elf. Elf L..."

"Koi ist in die Stadt gegangen."

"Stimmt, dann zwölf. Zwölf Leute wohnen hier jetzt zusammen. Ich teile die Zimmer zu. Selbstverständlich muss es zuallererst ein Hauptmannszimmer geben und dies hier ist es. Du, Hong Gil Dong, als unser Hauptmann wirst hier schlafen. Es wird aber auch unser Treffpunkt sein, das heißt, es ist ein Ort sowohl für Beratungen als auch für Ideenaustausch. Dann gibt es ein Männerzimmer. Da schlafen alle anderen Männer, das heißt, der Premierminister Ongi, also ich, der Finanzminister Paki, der Verteidigungsminister Kimi, der Technikminister Hani und der Außenminister Koi. Es ist das Zimmer rechts von hier. Es gibt auch ein Frauenzimmer, das Zimmer neben der Küche. In diesem Zimmer schlafen alle Frauen, also die Familienministerin Oma Bang, die Haushaltministerin Soni und die Gesundheitsministerin Yuni. Neben dem Frauenzimmer wird das Paar General Leei und die Ernährungsministerin Muni mit ihrem Sohn Mandugi wohnen."

"Wo schlafen denn unsere Leute, die in der Stadt wohnen und da arbeiten, wie zum Beispiel die Bettlerfamilie Ani, die Familie Metzger Dogi, die Familie Werkstatt Kangi und so weiter?"

"Wenn die kommen, klar, die Frauen schlafen im Frauenzimmer und die Männer schlafen im Männerzimmer. Sonst noch Fragen?"

"..."

"Okay. Wenn keiner was sagt.... Dass wir heute mit dem Wohnhaus fertig sind, bedeutet selbstverständlich nicht, dass der Ausbau unseres Lagers im Tal abgeschlossen ist. Zum Glück haben wir rechtzeitig vor dem Wintereinbruch einen Brunnen gegraben. Das Flüsschen ist ja bereits zugefroren. Links und rechts vom Lager haben wir ein Paar Hektar Heideboden. Wenn wir die Sträucher und Steine beseitigen, können wir daraus fruchtbares Ackerland machen. Dann können wir diesen Boden, wenn der Frühling kommt, zum Anbau von Gemüse und Gerste nutzen. Beim Gemüse können wir uns dann schon selbst versorgen. Natürlich werden wir auch Obstbäume pflanzen. Stimmt, wir werden ein Tal voller Pfirsiche haben. Ja, lasst uns dieses Tal hier zum Murungdoun machen, also zum Pfirsichblütental jenseits dieser Welt, nicht?"

"..."

"Ach, dann werden wir in voller Pfirsichblütenpracht in Glück und Frieden leben. Keine Truppen werden uns finden. Auch Tao Yuanming, der Meister von den fünf Weiden genannt wurde, weil um sein Haus fünf Weiden wuchsen... Habt ihr das berühmte Bild gesehen?"

"..."

"Natürlich keiner. Ihr Armen. Ihr hättet, ihr hättet... Ihr habt was verpasst. Kennt ihr wenigstens die Geschichte?"

"..."

"Ach, ihr wisst ja gar nichts. Ich erzähle sie euch. Also, eines Tages ruderte ein Fischer aus Wuling einen kleinen Fluss hoch. Er wollte, da bin ich mir sicher, Bachforellen fangen. Die leben ja nur in schnell fließenden, klaren Gewässern. Wisst ihr das?"

"..."

"Wieder nicht. Hm wo waren wir? Ach ja, beim Rudern. Da geriet er in einen Obstgarten, der voll von Pfirsichbäumen war. Er ruderte weiter bis zum Ende des Gartens und dort ragte ein hoher Fels auf. Da sah er in dem Fels eine Spalte. Er zwängte sich hindurch und gelangte so in ein Land, wo frohe, muntere und hilfsbereite Menschen lebten. Sie behandelten ihn wie einen Ehrengast und versorgten ihn reichlich mit Essen und Trinken. Ihre Vorfahren hatten dort schon seit eh und je in Glück und Frieden gelebt. Beim Abschied baten ihn die Leute, niemandem irgendetwas über sie zu erzählen. Aber der Fischer konnte den Mund nicht halten und verriet das Geheimnis. Alle Dorfbewohner wollten jetzt natürlich auch dahin. Doch niemand konnte den Ort finden, nicht einmal die Truppen des

Gouverneurs. Der Fischer ruderte selbst wieder den Fluss hoch. Aber alles war wie vom Erdboden verschluckt. Ohne auch nur eine Spur vom Pfirsichblütenland oder gar von der Felsspalte zu finden, musste er nach Hause in sein Dorf zurück rudern. Ende der Geschichte. Was sagt ihr dazu?"

"..."

"Das ist wieder mal typisch! Nichts. Niemand hat was zu sagen. Aber egal ob ihr etwas sagt oder nicht, werden wir in unserem Tal auch so ein Paradies aufbauen, in dem wir unter prachtvollen Pfirsichblüten in Glück und Frieden für immer und ewig leben. Auch dieser Tao Yuanming wird auf uns neidisch sein. Nicht?"

"..."

"Leute, hier müsste es Jubel und Applaus geben. Aber wieder nichts. Ach, so ist es nun mal, da kann man nichts machen. Dann muss ich halt weiter reden. Es ist ohne Weiteres zu erwarten, dass unsere Familie wächst. Der Name Hong Gil Dong verbreitet sich wie ein wildes Lauffeuer. Die Armen rufen: "Hurra! Hoch lebe unser Held Hong Gil Dong!" Die Reichen rufen: "Fangt den Räuber und Dieb Hong Gil Dong!" Seit der Augustaktion, also seit der Alleinunternehmung von Hong Gil Dong beim Außenminister ist sein Ruhm schnell gewachsen. Klar, die Armen bekamen ja über die Hälfte der Schätze ab, die unser Hauptmann von dieser jungen, unglaublich reichen Nebenfrau des Außenministers an sich genommen hat. Man hat niemals gedacht, dass sie so viele Schmuck und andere wertvolle Sachen besitzt. Sie läuft ja immer so einfach gekleidet herum, ohne ein einziges Schmuckstück. Ich hatte sie ja auch schon lange beobachtet. Sie trägt nicht einmal ein silbernes Haarstäbchen zum Feststecken der Haare. Wenn man sie nicht kennt, würde man sie für ein einfaches bürgerliches Weib halten, nicht für eine Dame, die zu einer adligen Familie gehört. Hong Gil Dong, das war ein Volltreffer! Du hattest einfach Glück, bei ihr Beute zu machen. Aber man muss es doch einen Zufall nennen. Es kann ja nicht immer so gut laufen. Sie ist zwar nicht hässlich, aber auch nicht außergewöhnlich hübsch. Der Außenminister muss im Alter wohl unter Sehschwäche gelitten haben. Aber auf jeden Fall haben wir …"

"Bruder! Bruder!"

"Kaum dass wir von Außenminister des Staates sprechen, kommt unser Außenminister Koi auch schon angerannt. Kann es sein, dass in der Stadt etwas passiert ist?"

"Xach! Xach! Xuch! Xuch!"

"Langsam, langsam. Der Atem wird dir ausgehen."

"Xach! Xach! Xuch! Bruder! Du musst in die Stadt gehen."

"Was ist?"

"Xach, xach. Die Dame stirbt!"

"Von wem redest du?"

"Beruhige dich erst mal. Bevor die Dame, wer immer sie auch sein mag, stirbt, wirst du zuerst sterben."

"Ja, ja, aber die Dame stirbt wirklich."

"Welche Dame meinst du denn?"

"Die Dame, Huh ... bei der unser Bruder Hong Gil Dong im letzten Sommer so viel gestohlen hat. Womit wir dieses Berglager aufbauen und so alle hier zusammenziehen konnten."

"Was ist denn passiert? Erzähl der Reihe nach!"

"Nein, nein. Wir haben keine Zeit. Sie stirbt."

"Warum? Was ist passiert? Wir müssen zuerst wissen, was passiert ist. Und dann sehen wir, ob wir was machen können."

"Meinst du! Aber wir haben wirklich keine Zeit zu verlieren. Man hat sie in die Scheune gesteckt. So viel Blut! hat man gesagt."

"Jetzt aber…. Sag, was du gehört hast. Der Reihe nach. Nicht so durcheinander."

"Ok, ok, meinetwegen. Dann erzähle ich halt von Anfang an und der Reihe nach. Ich bin nicht verantwortlich, wenn sie dann schon tot ist."

"Ok. Ok. Erzähl!"

"Wie ihr alle wisst, bin ich heute sofort, ich schwöre es, sofort nach dem Frühstück in die Stadt aufgebrochen. Es ist ja langer Weg. Sogar bei mir, als allseits bekanntem Schnellläufer, dauert es bis in die Stadt fast einen halben Tag."

"Oh, nein. So nicht! Nur zur Sache! Erzähl, was passiert ist. Was du von den Leuten gehört hast."

"Was denn nun? Soll ich der Reihe nach erzählen oder nicht?"

"Gut, gut. Sag, was du gesehen und gehört hast."

"Also, ich bin in der Stadt angekommen und habe wie immer, hier und da geguckt, gehorcht, was die Leute so sprechen. Deswegen bin ich ja zum Außenminister berufen worden. Ich schlenderte also durch die Stadt, durch den Markt. Ich habe unserem Metzger Onkel Dogi zugezwinkert. Er schüttelte den Kopf. Also passierte bei ihm nichts. Onkel Werkstatt Kangi gab auch das Zeichen "Nichts". Beim Onkel Bettler Ani auch nichts. Und dann sah ich auf einmal viele Leute auf der Straße herumstehen. Ich hörte, da erzählt einer etwas. Ich habe mich durch die Menschenmenge nach vorne durchgekämpft. Der Erzähler war ein Knecht des Landhauses unseres Außenministers. Er war bei seiner Erzählung sehr aufgeregt.

"Unser kleiner gnädiger Herr hat befohlen, einen Eimer Wasser über sie zu schütten. Der Oberknecht hat das Wasser geholt und es auf sie gegossen. Der Körper dieser armen jungen gnädigen Herrin zuckte heftig. Sie war wieder bei Sinnen. Die dünne Unterkleidung klebte an ihrem Körper. Die aufgelösten Haare waren mit Erde beschmutzt. Auf ihrem Rücken sah man durch die dünne Kleidung die Spuren von Peitschenschlägen. Der dünne Schnee fiel auf sie. Die nasse Kleidung, die nassen Haare sind schnell gefroren. Der kleine gnädige Herr brüllte sie immer wieder an:

"Wer ist der Vater des Kindes? Rede, du dreckiges Weib!"

"I…. w….ei…. ni…."

"Schlag! Schlag weiter, bis dieses schmutzige Ding die Wahrheit ausspuckt! Schlag sie! Schlag sie weiter!"

Die Peitschenläge fielen auf ihren Rücken, auf den Kopf, auf die Beine, auf die Arme. Ihr Körper zuckte jedes Mal, wenn ein Peitschenschlag ihn traf. Und dann plötzlich… Plötzlich floss aus ihrem Unterleib Blut. So viel Blut! Auf einmal so viel Blut, das habe ich bis jetzt noch nie gesehen. Das schien auch der kleine gnädige Herr nicht erwartet zu haben.

"Schließ sie in die Scheune ein. Morgen wird sie ins Gefängnis gebracht. Da wird sie sehen, was eine außereheliche Affäre kostet. Nach unserem hohen Gesetz wird sie entkleidet, völlig nackt in die Mitte des Marktes gestellt und mit Stockschlägen bestraft."

Als die Leute sie wegtrugen, klebte das Blut eisig gefroren überall an ihrem Körper."

Das war die Geschichte. Als ich das gesehen und gehört hatte, bin ich sofort zurückgelaufen. Wirklich, ich habe keine Pause gemacht."

Alle schauen Hong Gil Dong an, der bis dahin keinen Ton von sich gegeben hat. Dann steht er langsam auf, wieder ohne ein Wort, geht aus dem Zimmer und macht ein paar Schritte in Richtung Pferdestall. Und dann beginnt er zu laufen. Und dann immer schneller und schneller. Er stürzt in den Stall, holt seinen Braunen, schwingt sich in den Sattel und gibt dem Pferd die Sporen. Alle weichen für ihn zur Seite.

Es ist fast dunkel geworden. Es hat lange aufgehört zu schneien. Hong Gil Dong reitet eine Weile langsam den Bach entlang und danach vom Tal die Hügel hinauf und dann durch den dichten Wald. Es gibt kaum einen Weg. Dann kommt eine Lichtung. Er galoppiert über sie hin und dann wieder im Trab durch den Wald und dann aufs freie Feld.

Der Halbmond tritt aus den Wolken heraus. Etwas zaghaft. Die Wolken zerstreuen sich nicht so schnell. In der Ferne sieht man endlich einige Lichter. Es muss der Stadtrand sein.

Plötzlich schießt ein Feuerstrahl in den Himmel. Hong Gil Dong hält kurz das Pferd an und galoppiert dann weiter in Richtung des Feuers. Das Feuer lodert im Haus des Außenministers. Er verlangsamt den Schritt des Pferdes und nähert sich so dem Haus. Die Scheune brennt.

Hong Gil Dong gleitet vom Pferd so herunter, als stürze er. Leute stehen um die Mauer herum.

"Ach, die arme junge gnädige Herrin."

"Sie habe sich nur eine Kerze erbeten."

"Sie habe vom Innen die Scheunentür verriegelt."

"Die Scheune sei noch voll von Brennholz."

"Da sei auch noch viel Reisstroh von der Ernte vom Herbst gelagert, um im Frühling die Dächer neu zu decken."

"Ach, die arme junge gnädige Herrin."

Zwölf Geschichten

Hong Gil Dong, komm und setz dich zu mir! Hier ist es warm. Die Sonne strahlt heute. Letzte Nacht war der Schneesturm ja wirklich heftig."

"Oma Bang, wie geht es Ihnen?"

"Mir geht's gut. Hier im Lager fühle ich mich sicher. Durch den tiefen Schnee sind wir jetzt eingeschlossen. Eine Weile werden wir so in Sicherheit ruhen können. Niemand kommt herein, niemand geht hinaus."

"… Niemand kommt herein, niemand geht hinaus. Sie fühlen sich sicher… Waren Sie auch schon lange auf der Flucht?"

"Ja, wer in dieser Welt ist denn kein Flüchtling? Wer fühlt nicht die Verfolger, die einem auf die Pelle rücken? In dieses Lager kommt ja kein normaler Mensch. Nicht einmal als Menschen gelten die Leute, die sich hier zusammen gefunden haben. Von der Welt aus gesehen sind wir nur Geschichten, die aus der Welt vertrieben und verbannt wurden und die dann hier festgehalten und bald vergessen werden."

"Die Geschichten, die festgehalten und dann vergessen werden …"

"Ja, du gehörst ja noch nicht so lange zu unserer Gruppe. Als unser Meister Mutao, der Meister, der im Sang Ge Sa Tempel wohnt und den Überblick über alle Räuber und Diebe im Lande hat, also, als der Meister dich zu uns geschickt hatte, hatten wir keine Ahnung von dir und wollten dich deshalb erst mal nur beobachten, was du so drauf hast. Du erzählst ja auch nicht viel von dir."

"…"

"Man munkelte nur so allerlei von dir. Dass du ein unehelicher Sohn des Justizministers Hong bist, dass du einen Menschen umgebracht hast, bevor du das Haus verlassen hast, dass du von einer Bettlerbande gerettet und zu unserem Meister im Sang Ge Sa Tempel geschickt worden bist..."

"Das war eine Intrige."

"Was? Dass du zum Meister Mutao geschickt worden bist?"

"Nein, dass ich einen Menschen umgebracht hätte."

"Siehst du? So entsteht nämlich eine Geschichte."

"…"

"Da, schau mal! Da an dem Brunnen läuft eine andere Geschichte herum. Ich meine Soni, die Ongi im Spaß zur Haushaltministerin ernannt hat. Auch in dieser eisigen Kälte kann sie nicht damit aufhören, zu waschen, wischen, spülen und putzen. Ihr Mann war dem Spiel verfallen. Die Familie, aus der sie kam, war so arm, dass sie mit fünfzehn einen Mann heiraten musste, der zwanzig Jahre älter war als sie. Er war der Erbe einer reichen Familie. Die ersten paar Jahre der Ehe waren nicht so schlecht. Aber nach und nach verspielte er sein ganzes Vermögen. Zunächst nahm er natürlich solche Sachen wie Schmuckstücke, die zum Überleben nicht so unbedingt notwendig waren. Dann verschwanden Acker und Haus. Seine Hände griffen dann nach allen Dingen, die irgendeinen Wert besaßen, wie Reissäcke, Gerstensäcke, Schränke, Kommoden, Schreibtische, Esstische, Kleider, Schuhe, Töpfe, Teller, Löffeln, Ess-Stäbchen... Sie mussten fast mit der Hand essen, wenn sie überhaupt etwas zu essen hatten. Das war aber nicht das Ende seiner Spielsucht. Er verschuldete sich auch noch. So verkaufte er irgendwann ihre zwei Söhne, die mittlerweile geboren wurden, als Sklaven. Der jüngere, der nur sieben Jahre alt war, ist später an Erschöpfung gestorben, der ältere ist bei einem Fluchtversuch erschlagen worden. Soni wollte sich retten, indem sie als Leihmutter, sie hatte ja zwei Söhne geboren, zu einer adligen Familie ging. Aber da hat sie eine Tochter zur Welt gebracht und wurde deshalb mit der Tochter weggeschickt. Die Tochter hat sie vor der Tür eines buddhistischen Tempels abgesetzt. Und dann wieder Leimutter. Da hat sie einen Sohn geboren, den man ihr aber sofort nach der Geburt von der Brust weg genommen hat. Sie wurde dann mit wenig Geld aus dem Haus geworfen. Dieses Geld nahm ihr ihr Mann wieder ab, der sie irgendwie aufgestöbert hatte. Er beschimpfte sie auch noch als Hure. Da ist sie durchgedreht und hat den Mann mit einem Küchenmesser erstochen. Auf der Flucht wurde sie von unserem Bande gerettet. Sie hörte dann nie mehr auf zu waschen."

"..."

"Siehst du? Das ist nur ein Schicksal von vielen. Es ist zu grausam, alle Geschichten zu erzählen. Das ist ja auch nicht notwendig. Wir kennen alle schon. Wir erkennen sie nur nicht sofort wieder, weil sie immer in neuer Form und in neuer Besetzung erscheinen. Wir irren uns und denken, dass es etwas Neues sei. Aber alle Geschichten sind alt."

"… Alle Geschichten sind alt."

"Ja, ganz bestimmt. Was mich aber wundert, ist, dass wir uns immer wieder zu solchen alten Sachen hingezogen fühlen, dass uns solche uralten Erzählungen immer noch fesseln. Warum das wohl so ist?"

"… Vielleicht deshalb, weil wir mit unseren eigenen Geschichten noch nicht fertig sind."

"Wir sind mit unseren eigenen Geschichten noch nicht fertig? Hm? Hmm! Vielleicht hast du recht, Hong Gil Dong!"

"…"

"Und das hört nie auf. Guck mal, da kommt das einzige Kind im Lager auf uns zu. Eine zukünftige Geschichte. Manduga, komm! Bist du bereit für eine Schneeballschlacht?"

"Oma Bang. Darf ich wirklich einen Schneeball auf Sie werfen?"

"Na klar. So alt bin ich ja nun auch wieder nicht. Und denk bloß nicht, dass ich dich dabei gewinnen lasse."

Hong Gil Dong schaut zu. Kleine und große Schneebälle werden hin und her geworfen. Die beiden lachen herzlich. Auch die anderen Lagerbewohner kommen heraus. Kreuz und quer, hoch

70

und niedrig fliegen die Schneebälle. Einer bekommt einen Schneeball an den Kopf, ein anderer auf die Nase, ein weiterer wird an der Schulter getroffen. Einer dreht den Schneebällen den Rücken zu, ein anderer duckt sich weg. Einige lachen, andere rufen, ein paar schimpfen. Alle laufen durcheinander, hin und her. Auch auf Hong Gil Dong fliegen mehrere Bälle. Er weicht links und rechts aus. Manchmal fängt er mit der Hand den Schneeball auf und wirft ihn zurück. Aber er selbst geht nicht aufs Schlachtfeld; er bleibt auf seinem Platz sitzen und schaut dem Treiben zu.

Es scheint, dass jetzt mehr und mehr Leute von der Schneeballschlacht genug haben. Die Leute setzen sich in die Sonne und bilden einen Kreis. Mandugi ist der letzte, der neben Hong Gil Dong einen Platz findet.

"Onkel Hong Gil Dong. Warum spielst Du nicht mit?"

"Ich habe doch mitgespielt."

"Nee, das war ja nur…."

In diesem Moment kommt Muni aus der Küche mit einer großen Schüssel voller Süßkartoffeln und stellt sie mitten in den Kreis. Der Reihe nach nimmt jeder eine Süßkartoffel.

"Hurra! Süßkartoffeln!"

"Ahhh, heiß!"

"Ja, Süßkartoffel ist das Beste, was man im Winter essen kann."

"Mmmm! Das schmeckt."

"Danke, Tante Muni."

"Onkel Hong Gil Dong! Wenn ich erwachsen bin, möchte ich auch ein großer Dieb werden. Wie kann ich so werden wie du?"

Alle halten kurz beim Essen inne und schauen auf Hong Gil Dong und Mandugi. Gleich danach beschäftigt sich aber jeder wieder mit seinem Essen.

"…"

"Onkel Hong Gil Dong muss wahrscheinlich darüber nachdenken. Aber ich, die Oma Bang, möchte dich fragen, wie du auf die Idee gekommen bist, ein Dieb zu werden. Du bist doch jetzt erst sieben Jahre alt. In der Welt gibt es unzählige Dinge, die du tun kannst. Warum willst du denn ausgerechnet ein Dieb werden?"

"Ihr seid ja alle Diebe. Seitdem wir in dieses Lager gekommen sind, haben wir endlich Ruhe. Vater und Mutter wecken mich nicht mehr mitten in der Nacht, damit ich aufstehe, meine Sachen nehme und irgendwohin renne, wohin weiß man nicht. Früher haben andere Kinder meinen Vater ständig als "Scheißschöpfer" beleidigt, weil er in die Häuser ging, um die Plumpsklos zu leeren. Da durfte ich nicht sagen, dass er früher ein Offizier im Palast war. Jetzt kann ich alles sagen, was ich will. Wenn man ein Dieb ist, kann man zu einem Lager wie diesem kommen und in Ruhe alles machen, was man will. Schade ist nur, dass es hier keine anderen Kinder gibt."

Alle schauen auf Hong Gil Dong, der seinen Blick zum Himmel richtet.

"…"

"Okay, wenn Onkel Hong Gil Dong immer noch nichts zu sagen hat, kann ich dir das erste Geheimnis eines Diebes verraten."

"Ja, Onkel Ongi!"

"Das Geheimnis lautet, … Hmhm… was mir gehört, gehört mir. Was anderen gehört, gehört auch mir."

"Hahaha."

"Hihihi."

"Huhuhu."

"Haha. Das hört sich gut an. Aber Manduga, ich hab etwas Besseres für dich. Ich erzähle dir eine Geschichte. Sie ist über einen Dieb, der seinem Sohn die Diebeskunst beibringt."

"Oh ja, Oma Bang. Ich habe gehört, dass Sie, als Sie Gisaeng-Lehrerin waren, so berühmt und beliebt waren, weil Sie so viele schöne Geschichten erzählen konnten. Es wäre für Mandugi viel schöner, eine lehrreiche Geschichte zu hören, als viele

73

langweilige, aufgeblasene Lehrsätze. Wir sind alle gespannt, nicht wahr?"

"Ja sicher!"

"Ich bin auch gespannt, was ich zu hören bekomme."

"Richtig gespannt."

"Ja, ja, es gab Zeiten, wo man viel erzählt hat... Die sind aber vorbei. Also, die Geschichte… Sie beginnt wie folgt: Es war einmal ein Meisterdieb, der überaus erfolgreich war. Er hatte einen Sohn, der wollte auch die Kunst des Vaters lernen. Wie Väter so sind, wollte er seinem Sohn das Handwerk so gründlich wie möglich beibringen. Sein Sohn hatte sich auch schnell und gut alles angeeignet, was der Vater ihm beibrachte. Bald fühlte sich der Sohn klüger und schneller als der Vater. So gab er vor dem Vater mit seinen Erfolgen an.

"Ich gehe vor dir hinein und komme nach dir heraus. Ich finde mehr Schätze als du. Ich wähle bessere Gegenstände aus als du. Ich trage schwerere Dinge als du. Ich laufe schneller als du. Ich bringe wertvollere Sachen nach Hause als du."

"Ja. Du bist begabt und kräftig. Das weiß ich. Der Erfolg eines Diebes liegt aber nicht darin, einfach immer mehr Geld und Gut anzusammeln, sondern darin, die Kunst zu beherrschen, in allen

Situationen wach zu bleiben. Diese Kunst kannst du nur am eigenen Leibe erlernen."

"Selbstverständlich bist du mir immer noch an Geschicklichkeit überlegen. Du knackst die Schlösser noch immer schneller als ich. Du läufst leiser als ich. Du bewegst dich wirklich ohne irgendein Geräusch. Du setzt deine Schritte so lautlos, als laufe niemand. Deine Hände zittern nie und deine Knie beginnen nie zu schlottern. Dafür höre ich aber Geräusche von nah und fern besser als du. Ich sehe in der Dunkelheit weiter als du. Ich stoße nicht an Möbel. Ich stolpere auch nicht über Gegenstände."

"Ich bin mir sicher, dass du, wenn du so erfahren bist wie ich, jedes Hindernis überwinden wirst, und Dinge, die man im innersten des Hauses und an den geheimsten Orten verwahrt hat, finden kannst. Aber all das ist nutzlos, wenn du einmal gefangen wirst. Dann ist deine ganze Meisterschaft vergeblich und du bist ein für allemal am Ende."

Der Sohn konnte, wie alle Söhne, nicht zugeben, dass der Vater Recht hat. Der Vater sagte auch nichts weiter. Dann nahm der Vater den Sohn eines Nachts zu einem Einbruch in ein reiches Haus mit. Die Nacht war finster und alle Einwohner waren fest eingeschlafen. Die beiden Diebe schlichen sich ins Haus, wie immer vorne der Sohn, hinter ihm der Vater. Sie wussten schon, wo die

Schatzkammer lag. Sie lag im innersten Teil des Hauses. Der Sohn knackte das Schloss ohne Schwierigkeiten und ging in die Kammer hinein. Als der Vater den Sohn in die Finsternis verschwinden sah, schloss er die Tür von außen, rüttelte heftig an ihr und schrie lauthals:

"Haltet den Dieb! Fangt den Dieb!"

Und dann rannte er alleine aus dem Haus hinaus. Alle Hausbewohner wurden wach und wollten den Dieb verfolgen. Aber der Vater war schon längst verschwunden. Die Leute suchten überall im Haus. Einige schauten hinter dem Haus, andere unter der Terrasse und noch andere suchten an der Mauer. Der Hausherr überprüft die Schatzkammer mit der Lampe, war aber beruhigt, weil die Tür noch verriegelt war und wollte schon in sein Schlafzimmer zurückkehren. In diesem Moment kratzte der Sohn im Inneren der Schatzkammer an die Holzwand.

"Miau! Mijaung!"

Da dachte der Hausherr, dass eine Katze versehentlich in die Kammer hineingeraten war. Er machte die Tür auf. Da sprang der Sohn aus der Kammer, schob den Hausherrn zur Seite und rannte davon. Der Hausherr fiel zu Boden und rief.

"Haltet den Dieb! Fangt den Dieb!"

Die Leute verfolgten den Sohn. Das ganze Haus wurde dadurch aufgeweckt, auch die Nachbarn wurden wach. Immer mehr Leute schlossen sich der Suche nach dem Dieb an. Sie rückten immer näher an den fliehenden Dieb heran. Da sah der Sohn des Meisterdiebes einen Teich und einen riesigen Stein, der daneben lag. Ohne zu wissen, was er tat, hob er den Riesenstein auf, warf ihn in den Teich und rannte davon in die Dunkelheit. Die Verfolger, die etwas ins Wasser plumpsen hörten, blieben am Teich stehen und schauten ins Wasser. Sie dachten, dass der Dieb in den Teich hineingesprungen sei. Der Sohn kam nach Hause und sah seinen Vater im tiefen Schlaf liegen. Der Sohn schrie:

"Was bist du denn für ein Vater? Ist das die Art, wie ein fürsorglicher Vater mit seinem Sohn umgeht?"

"Aha. Du bist also zurück. Gut gemacht! Wenn du willst, kannst du mir morgen die ganze Geschichte erzählen, wie du es geschafft hast. Jetzt hast du die ganze Kunst gelernt, die nötig ist, um ein Meisterdieb zu sein. Mehr brauchst du nicht. Du wirst nie gefangen. Das ist genug für einen Dieb. Alles andere folgt von selbst." Damit ist die Geschichte zu Ende."

"Oma Bang! Wurde denn der Sohn wirklich nie gefangen?"

"Oh, das weiß ich leider nicht. Und ich würde es selber auch gerne wissen."

Die Mutter

Sie steht in Ketten auf dem hölzernen Schafott. Um ihren Hals schließt sich ein Eisenring, an dem eine Kette hängt. Sie ist mit den Handfesseln verbunden, die wiederum an einer Bauchkette befestigt sind. Auch um die nackten Füße sind Fußeisen gelegt.

Eine Schlinge hängt vor ihrem Gesicht. Dieses Tau läuft hoch über einen Querbalken, den zwei kräftige Pfähle tragen. Das Seil ist um eine hölzerne Winde gewickelt, die sich hinter dem Schafott befindet.

Ihr Gesicht ist blass und angeschwollen und ihre Lippen sind aufgesprungen. Das schwarze Haar hängt ihr lose über die Schultern bis zur Hüfte herunter. Sie trägt eine kurze weiße Bluse und einen langen weißen Rock. Es scheint, als habe sie sich für diesen Tag neu eingekleidet. Die fleckenlose weiße Kleidung leuchtet in der kühlen Herbstsonne. Das Weiß der Kleidung und das Schwarz der Ketten sind ein so großer Kontrast, dass sich die Augen wie geblendet schließen möchten.

Sie steht nach vorne gebeugt. Die Ketten, die vom Eisenring um den Hals über die Brust bis zu den Handfesseln an der Bauchkette hängen, sind wahrscheinlich zu schwer, als dass sie den Körper aufrecht halten könnte. Links von ihr steht der Henker. An jeder Ecke des Schafotts sind Offiziere mit Schwertern postiert. Das Schafott ist von bewaffneten Soldaten umstellt. Etwa zwanzig bis dreißig Schritte vom Schafott entfernt bilden Polizisten eine Absperrungskette, jeder von ihnen hat einen Dreizack in der Hand. Ein paar Schritte von den Soldaten entfernt drängen sich die Menschen und verfolgen den Vorgang. An allen Ecken ist Gemurmel zu hören.

"Es ist doch klar, dass die Mutter nur als Lockvogel dient, um Hong Gil Dong zu fangen."

"Wird Hong Gil Dong wirklich erscheinen?"

"Klar. Seine Mutter wird sterben. Da muss er ja kommen."

"Aber es wird hier doch alles so gründlich überwacht."

"Man könnte sagen, die Überwachung ist so dicht, dass nicht mal ein Wassertropfen durchsickern kann."

"Egal wie stark und schnell Hong Gil Dong ist, er kann eine solche Überwachung nicht überwinden."

"Ach, du hast es wahrscheinlich noch nicht gehört. Er erscheint wie ein Gott, er verschwindet wie ein Geist."

"Man sagt, er kann sich in verschiedene Gestalten verwandeln, mal in einen Tiger, mal in einen Fuchs, mal in einen Vogel."

"Er soll sich sogar vervielfältigen und als drei, fünf, acht Hong Gil Dongs auftreten."

"Wow. Bedeutet das, dass wir zum ersten Mal seit langem ein richtiges Schauspiel sehen werden?"

"Das Schafott wird heute zu einer Bühne."

"Ich bin gespannt!"

"Ich auch!"

"Hm! Hm!"

"Ja. Das kann was werden."

"Wie wir bereits besprochen haben, ist alles perfekt vorbereitet. Mach dir keine Sorge, Hong Gil Dong. Alles wird gut. Der Henker ist unser Mann. Das Seil wird unsichtbar so tief angeschnitten sein, dass es reißen wird, sobald die Schlinge das Gewicht deiner Mutter trägt. Wenn du aus der Menschenmenge auftauchst, werden wir auch einen Tumult veranstalten."

"…"

"Du musst nur schnell genug sein und mit deiner Mutter in dem allgemeinen Durcheinander entkommen. Ein unsicherer Posten in unserer Planung ist natürlich das Verhalten der Leute. Sie müssen auf deiner Seite sein und bei dem Tumult mitmachen. Sonst wird es schwierig. Aber ich glaube fest, dass sie dich unterstützen werden. Der Name Hong Gil Dong leuchtet im Volk wie ein Licht gegen unsere ewig korrupte Regierung."

"…"

"Ja. Das wird schon klappen. Du bist schon lange kein Dieb und Räuber mehr. Für die einfachen Leute bist du längst mehr als ein Held. Für sie bist du jetzt der einzige Retter, die einzige Hoffnung in diesem erbärmlichen Land. Schau mal, wie viele Leute heute hier versammelt sind. Es ist ein Menschenmeer! Eine solche riesige Menge zeigt, wie groß das Interesse des Volkes an seinem Retter ist."

"…"

"Bestimmt werden sie dir helfen. Wenn sie sehen, dass du in Gefahr bist, werden sie sich alle auf unsere Seite schlagen. Du hast für sie so oft dein Leben gewagt. Heute werden sie ihr Leben riskieren und dich retten. Ja. So wird es kommen."

"…"

"Pst!"

"Pst."

"Der Mann, der das Urteil verlesen wird, steigt aufs Schafott."

"Ich bin gespannt, wie er das Urteil begründet."

"Das ist doch naheliegend. Das braucht man gar nicht erst zu hören."

"Psst!"

"Hiermit wird das Urteil verkündet. Die Verbrecherin Chunsom ist die Mutter des Schwerverbrechers Hong Gil Dong. Ihr Sohn Hong Gil Dong begeht seit Jahren überall im Land Räubereien, Diebstähle, Überfälle, Einbrüche, Plünderungen, Morde, Körperverletzungen, Vergewaltigungen, Betrügereien und andere schwere Verbrechen. Dabei werden nicht nur unschuldige Bürger, sondern vor allem auch staatliche Würdenträger und Personen des öffentlichen Lebens zu seinen Opfern. Er führt das unschuldige Volk durch die ungerechte und unredliche Verteilung seiner Diebesbeute in die Irre. Er verdirbt dadurch die Moral des Volkes und zerstört dessen Vertrauen in die staatliche Ordnung. Er greift die hohe und unantastbare Ordnung des Staates an und begeht damit Hochverrat. Die hier stehende Verbrecherin Chunsom kennt alle Untaten ihres Sohnes Hong Gil Dong, sagt aber nicht die Wahrheit und versucht weiter zu verheimlichen, wo sich ihr Sohn versteckt hält. Dass sie ihren Sohn deckt, ist ein ebenso großes Verbrechen wie die Taten ihres Sohnes. Sie wird daher zur Todesstrafe durch Erhängen verurteilt."

"Ja ja. Das wusste man schon."

"Ach, die arme Frau!"

"Wegen des Sohnes stirbt die Mutter."

"Es ist immer so."

"Schau! Der Sprecher des Gerichts scheint noch etwas zu sagen."

"Gebt Ruhe!"

"Ruhe."

"Pst!"

"Pst."

"Hong Gil Dong! Wenn du hier anwesend bist, tritt hervor! Wenn du jetzt deine Maske fallen lässt und dich freiwillig stellst, wird das Leben deiner Mutter verschont."

"Nein, nein! Mein Sohn, Gil Donga! Hör nicht auf solche Worte! Komm nicht heraus! Wenn du hier bist, geh so schnell wie möglich weit weg!"

Ein Offizier kommt von einer Ecke des Schafotts angerannt und tritt die Mutter mit den Füßen. Sie sackt zusammen.

"Hong Gil Dong! Deine Mutter stirbt! Sei deiner Mutter dankbar! Ohne Rücksicht auf ihr eigenes Leben bringen uns unsere Mütter zur Welt und ziehen uns groß. Unser Volk preist deshalb unsere Mütter über alles. Wir singen ja in unseren Liedern, die Mutterliebe ist höher als der hohe Himmel, ist größer als das große Meer. Für eine solche hohe und große Liebe solltest du dein Leben geben und nicht zulassen, dass sie ihr Leben für dich opfert. Wenn du dich jetzt nicht stellst, bist du am Tode deiner Mutter schuldig."

"Nein, mein Sohn!"

Die Mutter versucht sich vom Boden zu erheben und die Hände auszustrecken, als wollte sie winken, aber vergebens. Die Handfessel, die an der Bauchkette fest gemacht ist, verhindert das. Sie stützt sich mit den Händen auf den Boden, hebt den Kopf hoch und richtet den Blick nach vorne.

"Ich bin schuldig, nicht du. Ich bin selbst des Todes schuldig. Ich bin schuldig, dass ich dich geboren habe. Durch meinen niedrigen Stand habe ich dich zu einem Sklaven gemacht und dein wertvolles Leben ruiniert. Deine edlen Eigenschaften hätten eine würdigere Mutter verdient."

"Hong Gil Dong! Du bist bereits ein Hochverräter und Verderber der Moral des Landes. Willst du auch noch ein Muttermörder werden? Ist dir deine jämmerliche Existenz so wichtig, dass du mit allen diesen Sünden überhaupt noch am Leben bleiben willst?"

"Mein Sohn, Gil Donga!"

Die Mutter schüttelt den Kopf heftig und ihre Augen sind voller Tränen, die anfangen über die Wangen zu fließen.

"Ja, natürlich. Dein Leben ist wertvoll. Du hast noch so viel zu tun. Du bist der Traum. Du bist die Hoffnung. Lass die Hoffnung nicht sterben. Lass den Traum sich entfalten. Ich habe schon lange genug gelebt. Mein erbärmliches Leben kann jeder Zeit zu Ende gehen. Es gibt nichts zu bedauern, wenn es erlischt. Wenn ich jetzt sterbe, bleibt der Traum, bleibt die Hoffnung, bleibst du. Das ist der größte und einzige Lohn für mein Leben."

"Hong Gil Dong! Du bist wirklich ein brutaler Mensch. Nein, du bist nicht einmal ein Mensch, sondern ein kaltherziges Scheusal. Keiner kann zuschauen, wie seine Mutter für ihn stirbt und sich nicht rühren so wie du jetzt. Henker! Vollziehe das Verfahren!"

"Mein Sohn, lebe für mich!"

Bei diesen Worten versagt beinah ihre Stimme. Der Henker richtet ihren Körper auf und legt ihr die Schlinge um den Hals. Das Seil bewegt sich langsam nach oben. Die Schlinge zieht sich um ihren Hals. Der Körper der Mutter hebt sich vom Boden ab und zuckt in der Luft.

In diesem Augenblick springt Hong Gil Dong aus der Menschenmenge hervor und läuft auf das Schafott zu. Die Offiziere, die um das Schafott herum stehen, und die Soldaten, die das Schafott bewachen, laufen ihm entgegen, jeder mit dem Schwert in der Hand. Hong Gil Dong rennt aber durch alle diese Soldaten und Offiziere so schnell wie ein Pfeil hindurch. Wenn zwei Soldaten auf ihn zukommen und ihre Schwerter gegen ihn richten, ist er bereits schon weiter, so dass nur die Soldaten aufeinander treffen. Die ganze Schlacht sieht so aus, als kämpften die Soldaten mit ihren Schwertern gegeneinander und nicht gegen Hong Gil Dong.

"Es ist Hong Gil Dong!"

"Hong Gil Dong ist aufgetaucht!"

"Leute! Helft Hong Gil Dong! Kommt zum Schafott und beschützt ihn!"

"Polizisten, Achtung! Treibt zuerst die Menschenmenge auseinander!"

"Niemand kommt dem Schafott nahe! Wer näher kommt, wird als ein Komplize von Hong Gil Dong erschlagen oder verhaftet!"

"Bist du Hong Gil Dongs Mann!" "Takk!" "Akk! Nein, nein!" "Tukk!" "Ukk!" "Komm. Lass uns fliehen!" "Pakk!" "Akk!" "Lauf!" "Du gehörst"

"Tikk!" "Ikk!" "sicher zu Hong Gil Dong!" "Tukk!" "Ukk! Nein!" "Tuck!" "Ukk!" "Ich kenne Hong Gil Dong auch nicht!" "Tack!" "Akk!" "Schnell weg!" "Hukk!" "Lauf!" "Tukk!" "Ukk!" "Wenn du verhaftet wirst" "Takk!" "Akk!" "wirst du nie wieder das Licht des Tages sehen!" "Hukk!" "Ukk!" "Hilfe!" "Puck!" "Ukk!" "Ich bin unschuldig!" "Tikk!" "Ikk!" "Ich weiß nichts von Hong Gil Dong!" "Takk!" "Akk!" "Komm schnell!" "Hier!" "Du Schwein!" "Pekk!" "Ekk!" "Nein! Ich habe nichts mit Hong Gil Dong zu tun!" "Takk!" "Kakk!" "Ich auch nicht!" "Tekk!" "Ekk!" "Nie in meinem Leben!" "Hilfe!" "Tikk!" "Ikk!" "Du mieser kleiner Hund!" "Pakk!" "Akk!" "Keiner will Hong Gil Dong kennen!" "Tekk!" "Ekk!" "Wer will hier sein Leben riskieren!" "Tuck!" "Hukk!" "Alles feige Hunde!" "Pakk!" "Akk!"

Hong Gil Dong ist bei der Mutter auf dem Schafott angekommen. Das Seil ist aber nicht gerissen. Der Körper der Mutter zuckt noch in der Luft. Hong Gil Dong stößt mit den Beinen die Offiziere vom Schafott hinunter, die mit blanken Schwertern auf ihn zukommen. Er springt hoch zum Seil und greift es oberhalb der Schlinge mit beiden Händen. Das Seil reißt nicht. Hong Gil Dong hängt so mit der Mutter einen Augenblick in der Luft. Er zieht dann heftig das Seil herunter. Er fällt mit der Mutter in seinen Armen zu Boden. Das Seil fällt hinterher auf Mutter und Sohn wie eine lange Schlange. Die Mutter atmet nicht mehr. Ein Offizier zieht Hong Gil Dong den Säbel über den Rücken.

Die Menschenmenge hat sich zerstreut. Etliche Menschen knien gefesselt auf dem Boden.

Der Vater

Eine Unzahl von Foltergeräten steht in einem großen Hof bereit. Die Menge der Foltergeräte und die Größe des Hofes deuten darauf hin, dass hier gleichzeitig Hunderte von Menschen gefoltert werden können.

Als erstes sind mannsgroße Holzbretter zu sehen, die wie Kreuze aussehen. Sie stehen aber nicht aufrecht, sondern ruhen waagerecht auf mehreren Beinen über den Boden und reichen so einem Mann bis an die Knie. Sie dienen als Prügelgestelle und deshalb sind neben jedem Brett Schlagstöcke in verschiedenen Formen und Größen bereit gestellt. Auf einigen Gestellen liegen bereits Beschuldigte auf dem Bauch. Ihre Arme sind ausgestreckt und an jedem Brettende mit einem Seil festgebunden. Die Füße sind ebenfalls am Brett fixiert. Die so Gefesselten können sich nicht einmal zusammenkrümmen, wenn die Schläge auf ihr Gesäß fallen. Diese wohltätige Maßnahme, so sagt das Gericht, sei notwendig, um die Gefolterten davor zu bewahren, dass sie für immer krumm und lahm geschlagen werden.

Hinter den Prügelgestellen ist ein Holzgerüst zum Aufhängen zusammengezimmert. Es besteht aus zwei Pfosten und einem aufliegenden Querbalken. Am Querbalken ist ein Eisenring angebracht, durch den ein Seil gezogen ist. Ein Festgenommener ist bereits aufgehängt. Ihm sind die Hände auf den Rücken gefesselt. Die gefesselten Hände sind an das Seil gebunden. Auf diese Weise sind die Arme und die Schultergelenke weit nach hinten gedreht, so dass die Schulter ausgerenkt wird. Diese Art des Aufhängens ist an sich schon eine Qual, die kaum zu ertragen ist. Aber neben dem Aufgehängten steht ein Gerichtsdiener mit einem dünnen Stock in der Hand. Auf Befehl wird er dem Gefangenen damit auf die Fußsohlen schlagen. Dieser wird dann jedes Mal, wenn der Stock ihn trifft, zusammenzucken. Manche Leute sehen diese Zuckungen der Gefolterten als einen Tanz. Bei den Zuschauern ist diese Foltermethode deshalb unter dem Namen "Tanz der Kraniche' bekannt.

An vielen Stellen stehen auch Eisenbecken mit glühenden Kohlen, in denen Eisenstangen liegen. Einige der Festgenommenen sitzen um die Becken herum und haben bereits schwere Brandwunden an verschiedenen Körperteilen, am Rücken, am Brustkorb, an den Oberschenkeln, an den Fußsohlen... Der Geruch von verbranntem Fleisch sticht in die Nase.

Der bloße Anblick der Geräte sollte schon ausreichen, dass man alles gesteht, was von einem verlangt wird. Jede beliebige Geschichte. Eine wahre oder falsche, eine ausgedachte oder tatsächlich geschehene, eine logische oder wirre. Es macht keinen Unterschied. Alles wird man erzählen, um nur nicht mit solchen Werkzeugen Bekanntschaft machen zu müssen.

Hong Gil Dong sitzt in der Mitte des Hofes auf einem Stuhl mit Armlehne. Er sieht aus, als wären schon alle Instrumente an ihm ausprobiert worden. Seine zerrissene blutbefleckte Hose klebt am Gesäß und an den Beinen. Die beiden Schultern hängen so herab, als seien die Arme nicht mehr mit ihnen verbunden. Am nackten Oberkörper gibt es kaum eine Stelle, die nicht verwundet wäre.

Nun sitzt er auf einem Stuhl. Die Ellenbogen liegen auf den Armlehnen und die Hände sind daran gefesselt. Seine Beine sind ebenfalls zusammengebunden und sein Rumpf ist auch mit einem Seil an der Rückenlehne festgebunden. Links und rechts von ihm stehen zwei Gerichtsdiener, jeder mit einem großen, dicken Holzstock in der Hand. Um ihn herum sitzen und knien auch andere Gefangene gefesselt auf dem Boden.

"Du bist der Verlierer. Du hast verloren. Von Anfang an war es so bestimmt. Du konntest nicht siegen. Das war nur ein Traum. Ein Traum, aus dem man früher oder später aufwachen wird. Man kann nicht ewig träumen."

Der Justizminister, der Vater von Hong Gil Dong, der in der Mitte der Richterbank sitzt, führt den Prozess. Links und rechts von ihm stehen fünf weitere hohe Staatsbeamte. Sie tragen alle die feierliche rote Amtstracht, auf die vorne und hinten Bilder von Wolken, Blumen und Kranichen gestickt sind. Dazu tragen sie einen festen schwarzen Hut, der keine Krempe, dafür aber links und rechts zwei ausladende Flügel hat. Zur Tracht gehört auch ein ebenfalls bestickter Gürtel, der steif um die Kleidung geschlungen ist, und wackelt, wenn die Menschen sich damit bewegen. In einer solchen Tracht sehen die Beamten bei jeder Bewegung wie Puppen aus, die von einem ungeübten Marionettenspieler an den Fäden geführt werden.

"Du, Übeltäter Hong Gil Dong, hör aufmerksam zu. Auf Befehl des Königs führe ich heute den Prozess. Ich habe Seine Majestät darum gebeten, da ich ja selber die kaum verzeihbare Schuld trage, dich gezeugt zu haben. Seine Majestät hat mir gnädig gewährt, die Straftaten gründlich aufzuklären und so deine Schuld vor aller Welt offenzulegen. Ich habe gehört, dass du in den letzten Tagen bereits verschiedene Foltergeräte kennengelernt hast. Trotzdem gestehst du dein Verbrechen nicht und sagst auch nicht, wo euer Hauptquartier ist. Willst du immer noch Widerstand leisten? Willst du immer noch nicht einsehen, wie groß deine Verbrechen sind?"

"..."

"Du hast wahrscheinlich vom Geschmack der Folter noch nicht genug. Gerichtsdiener! Beginnt mit der Folter! Verdreht ihm die Beine!"

Zwei Häscher, die links und rechts von Hong Gil Dong stehen, schieben ihm Stöcke zwischen die Beine, so dass sich die Stöcke kreuzen. Dann drückt jeder seinen Stock nach unten. Die Beine des Gefolterten verdrehen sich. Die Stöcke zerdrücken den dünnen Stoff der Hose. Die Haut bricht auf. Man sieht das rote Fleisch der Beinmuskeln. Die Stöcke werden blutig. Das Blut tropft auf den Boden.

"..."

"Du gibst mal wieder keinen Laut von dir! Du bist immer noch so, wie du früher warst. Als du in deiner Kindheit zusammen mit meinem ehelichen Sohn Inom Schläge bekamst, gabst du nie auch nur einen Ton von dir, während Inom lauthals schrie und klagte. Empfindest du denn überhaupt keinen Schmerz?"

"… Es schmerzt. Es schmerzt so sehr, so höllisch."

"Warum schreist du denn dann nicht?"

"Früh genug habe ich gelernt, dass ich nicht mal einen Pieps wert bin. Nicht mal ein Pieps steht mir zu. Einen Laut von mir zu geben, ein Geschrei zu machen, ein Getöse zu veranstalten, überhaupt Töne zu erzeugen, all das gebührt nur den Anderen, nur den Hohen. Die Niederen müssen sich wie eine Maus still in ihrem Loch verstecken und dürfen keinen Mucks machen."

"Du warst und bist intelligent genug, die gesetzliche Ordnung zu durchschauen. Warum stellst du dich dann der hohen Staatsordnung entgegen und erzeugst Tumult und Aufruhr? An dem Abend vor einigen Jahren, als du zu mir ins Zimmer kamst und mir deutlich gemacht hast, dass du dich von mir verabschieden wolltest... ach, da hätte ich dich um jeden Preis im Hause zurückhalten sollen. Wenn ich dir da die Beine hätte brechen lassen müssen, das wäre für alle besser gewesen als das, was jetzt passiert ist. Das wollte ich dich schon lange fragen: Hast du damals bereits die Absicht gefasst, ein Dieb, ein Räuber zu werden? Und warum hast du denn den unschuldigen Mann umgebracht, der in deinem Zimmer tot gefunden wurde, nachdem du gegangen bist?"

"Es ist nicht wahr. Das war eine Intrige, eine Verleumdung. Da er mich töten wollte, habe ich ihn mit einem Schlag mal kurz außer Gefecht gesetzt."

"Du lügst. Wer wollte dich denn töten? Und warum?"

"Der Mann erzählte, dass die Herrin den Auftrag gegeben habe, mich zu töten. Ein Wahrsager habe ihr geweissagt, dass ich dem Haus ein nie wieder gut zu machendes Unglück zufügen werde, wenn ich aus dem Haus gehe."

"In der Tat, du hast einen solchen Schaden angerichtet."

"…"

"Einen Schaden, der in diesem Leben nie wieder gut zu machen ist. Du bist eine Schande für mein Haus, für den Staat, für die Welt. So bist du ein Unglück für uns alle geworden."

"…"

"Ich war immer gut zu dir, vielleicht zu gut. Ich habe dir viel zu viel gewährt, was ich dir, einem Sklaven, nie hätte zugestehen dürfen. Du warst aber außergewöhnlich klug, kräftig und ausdauernd. Für mich war die Versuchung zu groß. Ich war von deiner Begabung geblendet. Heimlich habe ich mir sogar gewünscht, dass du Inom wärest. Gib zu, dass ich dich über alle Maßen verwöhnt habe!"

"Ja, Ihr habt mich verwöhnt. Ihr habt mich belohnt, wenn ich als Dreijähriger die Leistung eines Sechsjährigen vollbrachte und als Fünfjähriger schon das konnte, was andere Kinder erst mit zwölf können. Als Kleinkind habe ich als erstes gelernt, dass ich neun Schritte rennen muss, damit mir die Welt mit einem halben und auch noch zögerlichen Schritt entgegenkommt. Ohne es im Geringsten zu verstehen, habe ich mir dann beigebracht, mich aufs Äußerste anzustrengen, um auch nur ein Wort oder nur einen Blick der Anerkennung zu bekommen. Ja, Ihr habt mich viel verwöhnt."

"Die Anstrengung ist das Selbstverständlichste in der Welt. Von nichts kommt nichts. Wenn ich gesehen habe, dass du dich ordentlich angestrengt hast, wurdest du von mir auch gelobt."

"Ja, das Lob. Ein Tadel wäre besser gewesen als ein Lob. Bereits ein winziges Lob war tödlich für mich. Die Welt ließ es nicht zu, dass ich irgendein

Lob genießen durfte. Dafür habe ich jedes Mal schwer büßen müssen. Ich habe mich für ein Zeichen der Anerkennung unendlich angestrengt und dann gleichzeitig versucht, dieses Zeichen wieder ungeschehen zu machen. Das gelang mir aber nicht immer."

"Natürlich habe ich die Eifersucht von Inom gemerkt. Das Wetteifern ist aber die Triebkraft, um immer weitere Fortschritte zu machen. Die Lernenden müssen immer um die beste Leistung miteinander wetteifern. In der Tat hat Inom viel davon profitiert. Er war ein Kind, das sich langsam entwickelt hat. Bevor du auf die Welt kamst, lungerte er immer nur faul herum und war widerspenstig und störrisch. Ohne das Wetteifern mit dir wäre aus ihm überhaupt nichts geworden. Ich hätte von ihm nicht erwartet, dass er es schaffen würde, der angesehene Offizier zu werden, der er jetzt ist. Im Gegensatz zu ihm warst du immer gehorsam und hast dich nie einer Anordnung widersetzt."

"Ungehorsam ist für den kleinen Herrn Inom reserviert, den ich nicht einmal Bruder nennen durfte. Dank seiner hohen Geburt konnte er es sich leisten, die Hände in den Schoß zu legen und durch Trotz und Widerstand sogar seine Selbständigkeit auszudrücken. Für mich war und ist jedoch eine Weigerung eine Sache von Leben und Tod.

Ich kann nur dann in dieser Welt existieren, wenn ich mich auslösche und mich völlig in die Welt füge. Ich konnte mir nie erlauben zu fühlen, was ich selber will und wer ich selber bin. Von Geburt an habe ich einen siebten Sinn entwickelt, um so zu sein, wie die anderen mich gerne haben wollten. Alles hing von den Wünschen der anderen ab und alle Anstrengungen waren letztlich nutzlos."

"Du warst also verzweifelt und voller Ärger. Deshalb bist du von zu Hause weggelaufen und ein Räuber und Dieb geworden. Ist es das, was du dir damals ausgedacht hattest?"

"Verzweiflung oder Ärger, all solche Gefühle sind ein Luxus, den man sich nur erlauben kann, wenn man überhaupt als eine Person existiert. Wenn von einem aber nichts übrig geblieben ist, gibt es auch keinen, der verzweifelt oder ärgerlich sein könnte."

"Du behauptest also, du bist nichts. Und dieses Nichts stiehlt, raubt und mordet. Auf diese Weise willst du dich der Verantwortung für deine Untaten entziehen. Ist das deine Strategie, deine Diebstähle und Räubereien zu rechtfertigen?"

"Es gibt drei Arten von Dieben und Räubern. Die erste Gruppe sind Leute, die gegen die bestehenden Gesetze verstoßen und sich widerrechtlich etwas aneignen. Das sind einfache Leute, die im

Grunde harmlos und gutmütig sind. Die zweite Gruppe von Dieben und Räubern bereichern sich unter Ausnutzung von Gesetzeslücken. Kein Gesetzbuch deckt das ganze Leben ab und deshalb ist es nicht schwer, Lücken zu finden und sie auszunutzen. Allerdings brauchen diese Leute dafür unbedingt die Unterstützung der Gesetzgeber. Sie verbünden sich deshalb mit den Herrschenden. Die dritte und letzte Gruppe besteht aus diesen Machthabern selbst, die das Gesetz in der Hand haben und neue Gesetze erlassen können, wie sie es gerade brauchen. Sie überzeugen sich selbst davon, dass sie das Recht dazu haben, die anderen auszuplündern. Solche Leute haben dabei nicht einmal Schuldgefühle..."

"Aha, das ist also deine wahre Strategie. Zunächst versuchst du, dich mit den herrschenden Mächten zu verbünden. Wenn das für dich nicht möglich erscheint, machst du Anstalten, die Obrigkeit schlecht zu machen und sie als unrechtmäßig hinzustellen. Die legitime Herrschaftsausübung erscheint dann so, als sei sie genauso verbrecherisch, wie deine eigenen Missetaten."

"…"

"Ach, du sagst nichts mehr dazu. Wenn man dich als Kind beim Mogeln ertappt hat, hast du nie etwas gesagt. Die gleichen Mogeleien gehören jetzt auch zu deinem Programm. Beim Volk spielst du dich als Retter auf. Du verteilst deine Beute unter das Volk, damit deine Missetaten zu Heldentaten werden. Dein Name ist nun weit und breit bekannt. Da musst du bestimmt ganz stolz auf dich sein!"

"Das alles habe ich nicht getan, um mir einen Namen zu machen. Als ich Euer Haus verlassen habe, habe ich zum ersten Mal eine andere Welt kennen gelernt. Die Welt, in der ich bis dahin gelebt hatte, war nicht die einzige. Ich habe so viele Menschen gesehen, die in der gleichen Situation waren wie ich. Die Ungerechtigkeit war allgegenwärtig."

"Dann hast du also eingesehen, dass man dich zu Hause verwöhnt hat und dass du nicht der einzige bist, der an seiner Situation leidet. Du hättest dann Trost bei der Tatsache finden können, dass es auch anderen Menschen gibt, die ihr Päckchen zu tragen haben."

"Das war kein Trost. Es ist kein Trost, dass man nicht alleine leidet. Das ist eher eine noch größere Qual."

"Aha. Deshalb wolltest du für sie den Helden, den Retter spielen. Ich habe gehört, das Volk nennt dich "Unser Held", "Unser Retter" und es jubelt dir zu."

"Nein. Ich bin kein Held, kein Retter. Wenn das Volk mich seinen Helden und seinen Retter nennt, sieht es in mir nur seine eigenen Träume und drückt sie mit diesen Ausrufen aus, weil es denkt, dass ich Narben trage wie sie, dass ich leide wie sie, dass ich jammere wie sie. Doch niemand entkommt seinem Leid durch Jammern. Leiden multiplizieren sich vielmehr, wenn man sich zusammentut."

"Du hast also im Volk Verbündete gefunden. Schau dich nun aber mal um! Schau genau hin, wie deine Verbündeten sich verhalten. Keiner hier gibt zu, dass er den Namen Hong Gil Dong kennt."

"Lasst diese Leute hier frei! Sie waren nur neugierige Zuschauer. Nirgendwo gibt ein Gesetz, das besagt, dass Schaulust strafbar ist."

"Nein. Sie müssen hier bleiben und zusehen, wie es mit ihrem Helden zu Ende geht. Wir müssen auch alle deine Gefolgsleute, Männer und Frauen, hierher führen. Sag jetzt sofort, wo dein Hauptquartier ist, wo sich eure Bande versteckt hält."

"Wir haben kein Hauptquartier. Wir versammeln uns, wenn wir etwas zusammen zu tun haben, und gehen wieder auseinander, wenn die Sache erledigt ist."

"Du bist nicht mehr zu retten. Du wirst zum Vierteilen verurteilt. Dein Körper wird zerrissen und die einzelnen Teile werden überall im Land verteilt, damit das Volk sieht, dass die Gerechtigkeit ihren Weg geht."

"Macht es bitte so, wie Ihr gesagt habt! Wo immer einer meiner Körperteile hin fällt, da wird ein neuer Hong Gil Dong entstehen."

"Du bist das hartnäckigste und verstockteste Geschöpf, das ich je gesehen habe. Ich kann nichts mehr für dich tun. Ich kann dich nicht mehr retten."

"..."

"Diener! Führet den Missetäter Hong Gil Dong zum Richtplatz!"

"..."

"Überprüft auch die Leute, die hier herumsitzen, und führt diejenigen zum Schafott, die ihre Identität nicht durch ihre Ausweisstäbchen unter Beweis stellen können. Sie werden enthauptet und ihre Köpfe werden am Markt aufgehängt. So werden alle sehen, wie Verbrecher enden, die sich gegen die Ordnung der Welt auflehnen."

Die Legende

Nun ist die Geschichte von Hong Gil Dong zu Ende."

"Wer sagt das? Die wahre Geschichte beginnt erst jetzt."

"Meinst du damit so etwas wie: "Das wahre Leben beginnt nach dem Tode"?"

"Ach, Leute, das Leben, was wissen wir davon?"

"Nein, ich beziehe mich auch nicht auf das Leben, sondern nur auf die Geschichte. Sie ist nämlich hier noch nicht zu Ende."

"Denkst du dabei an seine Legende?"

"Nein, seine wahre Geschichte."

"Was verstehst du denn unter wahrer Geschichte?"

"Kürzlich habe ich gelesen, dass er doch nicht hingerichtet wurde, obwohl sein Vater das Todesurteil so laut verkündet hat."

"Nee, das ist nicht wahr."

"Doch. Die Annalen dieser Dynastie sagen nichts über den Tod von Hong Gil Dong. Wir wissen ja, dass in diesen Annalen jede Einzelheit aufgezeichnet wurde. Alle Ereignisse und Vorkommnisse, die um einen König herum passierten, wurden bis ins Detail protokolliert. Und dort steht nur:

"Der Premierminister und die zwei Vize-Premierminister unterrichten den König untertänigst wie folgt:

"Wir freuen uns aufs Höchste darüber, dass wir gehört haben, dass der Räuber Hong Gil Dong verhaftet wurde. Da es für das Volk keine größere Segnung geben kann, als alle Schädlinge zu beseitigen, ersuchen wir Eure Majestät ergebenst zu erlauben, dass wir ebenfalls nach allen Angehörigen dieser Bande fahnden und sie umgehend der Gerechtigkeit zuführen."

Der König entsprach diesem Wunsch."

Dabei steht an keiner Stelle etwas darüber, dass ein Gerichtsurteil gegen Hong Gil Dong vollstreckt wurde."

"Wenn das wahr ist, was du gelesen hast, dann glaube ich, dass es nur ein Zufall ist, dass darüber kein Bericht vorliegt. Wir wissen ja, wie es damals zugegangen ist. Alles ging drunter und drüber bei diesem König, der ja dann schließlich abgesetzt und nie wieder rehabilitiert wurde. Sowas hatte es bis dahin noch nie gegeben..."

"Das stimmt. Das war das erste Mal. Danach ist es aber nochmals vorgekommen und zwar ...."

"Ja, es kann uns deshalb gar nicht wundern, wenn eine solche kleine Sache wie die Hinrichtung eines Räubers nicht aufgezeichnet wurde."

"Nee, du kennst nicht die ganze Geschichte. Ich glaube eher, dass man die wahren Ereignisse absichtlich weggelassen hat, als die Protokolle über diesen entmachteten König verfasst und herausgegeben wurden. Vielleicht haben sie sich einfach geschämt aufzuschreiben, wie unfähig sie mit der Sache Hong Gil Dong umgegangen sind."

"Wie sind sie denn damit umgegangen?"

"In Gerichtsprotokollen aus einer späteren Zeit wurde der Fall Hong Gil Dong erwähnt. Der Angeklagte in dieser Gerichtsverhandlung war ein gewisser Lee Yun Su, der auch wegen Verstoßes gegen die Gesellschaftsmoral, das heißt, gegen die Standesordnung verhaftet worden war. Dabei wurde empfohlen, dass die Mitglieder der Bande von

Lee Yun Su niemals in einem Raum zusammen untergebracht werden sollten, sondern auf verschiedene Gefängnisräume verteilt werden müssten, damit man sie einzeln verhören kann. So sollte verhindert werden, dass sich das wiederholt, was bei der Bande von Hong Gil Dong geschehen sei."

"Ist das alles?"

"Ja, das ist zuerst mal alles, was über Hong Gil Dong geschrieben wurde, aber..."

"Das sagt ja dann gar nichts darüber, was genau im Fall Hong Gil Dong passiert ist."

"Ja, natürlich ist das kein direkter Bericht über die weiteren Ereignisse im Fall von Hong Gil Dong. Es lässt sich aber leicht vermuten, dass er aus dem Gefängnis ausgebrochen und zusammen mit seinen Leuten entkommen ist."

"Hmm.. Das leuchtet ein. Doch, das kann ich mir gut vorstellen. Ich habe es nämlich immer als zu grausam empfunden, dass ihn sein Vater hat hinrichten lassen. Gleichgültig wie groß ein Konflikt zwischen Vater und Sohn ist, egal wie groß die Not des Vaters ist, sich selbst zu retten, kein Vater kann so brutal sein, dass er seinen eigenen Sohn töten lässt."

"Das stimmt schon. Die Erzählung, dass sein Vater selbst befohlen hat, ihn zu vierteilen, konnte ich auch nie hinnehmen. Ich bin daher mit der

Geschichte, die ich gelesen habe, viel mehr einverstanden."

"Und wie geht denn die Geschichte, die du gelesen hast?"

"Ja, dass es nicht sein Vater war, der den Prozess geführt hat. Sein Vater war also nicht der Justizminister, sondern ein Gouverneur in der Südprovinz Kyongsang. Der Name seines Vaters war Hong Sang Sik. Er hatte außer Hong Gil Dong noch zwei eheliche Söhne, Hong Gu Dong und Hong Il Dong. Seine Mutter war auch nicht eine einfache Leibeigene, sondern eine Geisha, die offiziell zur Provinzregierung gehörte."

"Das, was ihr sagt, kommt mir sehr glaubhaft vor. Es wurde ja auch immer wieder erzählt, dass Hong Gil Dong eine einsame Insel gefunden und dort sein eigenes Land 'Yul Do Guk' gegründet hat. Dahin zog er sich mit seinen Leuten zurück und lebte dort bis zum Alter von fast siebzig Jahren."

"Ja, das habe ich auch gelesen. Im Weiteren stand da auch, dass seine Mutter ebenfalls nicht auf dem Richtplatz gestorben ist."

"Ja! Sie wurde von seinen Leuten gerettet."

"Wie schön!"

"Ja, ich vermute, dass sie aus Schreck nur kurz ohnmächtig geworden war."

"Stimmt! So muss es gewesen sein."

"Und dann hat Hong Gil Dong sie nach seinem Yul Do Guk mitgenommen."

"Ja, seinen Vater aber hat er hier in diesem Land zurückgelassen."

"Gut, sehr gut. Ein glückliches Ende."

"Ja, ja. Dass alles gut ausgeht, das wollt ihr haben. Deshalb schreibt ihr eine Legende. Alles, was ihr bis jetzt erzählt habt, ist, leider muss ich das sagen, völlig falsch."

"Wieso? Alle wissen das. Alle haben diese Geschichte gelesen."

"Ach, du willst immer nur auf alles deinen Essig kippen, damit es sauer wird!"

"Aber, aber, denkt doch mal nach! Dann wäre er ja ein Feigling! Er zieht sich in sein paradiesisches Land zurück und lässt alle anderen im Sumpf versinken. Wie hieß sein Land noch mal?"

"Yul Do Guk."

"Ja, Yul Do Guk oder wie auch immer es heißen mag. Er hat sich dahin auf Nimmerwiedersehen zurückgezogen und für sich in Glück und Frieden gelebt. Warum sollten wir dann über ihn immer wieder erzählen? Wir erzählen die Geschichte einmal und das war's."

"Aha, du willst behaupten, dass du eine andere Geschichte auf Lager hast. Glaub aber bloß nicht, dass du die einzige Wahrheit hast."

"Wieso? Ich hab die wirkliche, einzig und endgültig wahre Geschichte."

"Das gibt es doch nicht. Keine Geschichte ist die einzig wahre, solange sie erzählt wird."

"Was laberst du denn da? Völlig wirres Zeug redest du."

"Ach, keine Streitereien! Wir sind doch hier der Unterhaltung wegen!"

"Aber erzähl du doch mal, was du weißt. Mich würde interessieren, wie deine Geschichte geht. Ihr nicht?"

"Doch!"

"Interessiert mich auch!"

"Mich auch!"

"Gut, dann erzähle ich mal die wahre Geschichte. Was ich gelesen habe, ist, dass er doch geviertelt wurde. Nach der Urteilsverkündung war das ja nicht zu vermeiden. Die wahre Legende beginnt aber nach dieser Vierteilung."

"Wie? Was heißt, die wahre Legende beginnt nach der Vierteilung?"

"Es gab Augenzeugen, die dieses Wunder mit eigenen Augen gesehen haben."

"Sogar Augenzeugen! Herrlich!"

"Das ist ja ein Ding!"

"Also, Hong Gil Dong wurde an die fünf Wagen gespannt und die Urteilsverkündung wurde verlesen..."

"Moment! Warum fünf Wagen? Sollte er nicht geviertelt werden?"

"Ach, nimm das nicht so wörtlich. Hierzulande werden die Leute eben in sechs Teile gerissen. Aber das Wort 'sechsteilen', wenn es überhaupt gesagt werden kann, hat nicht die Bedeutung 'hinrichten', das Wort 'vierteilen' aber schon. Deshalb sprechen wir einfachheitshalber von 'vierteilen'. Aber nimm es nicht so wortwörtlich. Sonst noch Fragen?"

"Nee."

"Erzähl weiter."

"Also, fünf Wagen werden an die Beine, an die Arme und an den Kopf von Hong Gil Dong angespannt. Mit jedem Wagen wird ein Körperteil abgerissen und es ist logisch, dass der Rumpf auf den Boden fällt. Auf diese Weise wird der Körper in sechs Teile zerrissen. Eines dieser Stücke wird jeweils in eine Provinz des Landes geschickt, damit alle Regionen etwas von Hong Gil Dong zu Gesicht bekommen."

"Aber dann müssten es ja acht Teile sein und nicht sechs. Das Land hat ja acht Provinzen."

"Aber wie kann ein Körper in acht geteilt werden, wenn er nur sechs Teile hat."

"Vielleicht hatte er drei Köpfe. Man hört ja, dass er in alle Richtungen gleichzeitig sehen konnte."

"Ach, was bist du naiv! Hast du etwa so einen Unsinn geglaubt? So was taugt ja nicht mal für eine Legende, sondern ist einfach nur Unsinn."

"Gut, gibt es noch weitere Einwände?"

"Jetzt aber! Erzähl doch weiter!"

"Ja, erzähl weiter!"

"Also, Hong Gil Dong war an die Wagen gekettet und jedes Pferd wurde in eine andere Richtung getrieben. Seine Glieder streckten sich in vier verschiedene Richtungen und sein Körper hob sich vom Boden ab. Nun hing er, breit ausgestreckt, in der Luft zwischen Himmel und Erde. Es waren dunkle Wolken am Himmel. Den ganzen Tag war es fast so dunkel wie in der Nacht. Da fielen auf einmal aus den schwarzen Wolken Lichtstrahlen auf ihn. Sie sahen aus wie von einem Scheinwerfer auf der Bühne. Nach kurzer Zeit wurde es aber wieder völlig dunkel. Und dann krachte, mahlte und rollte der Himmel. Blitze fielen überall. Ein Gewitter brach herein und es begann zu hagen. Die Menschen schrien und rannten. Die Pferde wieherten. Alles wirbelte..."

"..."

"..."

"..."

"Und? Wie ging es weiter?"

"Ach ja. Die Geschichte. Also, als der Wirbelsturm vorbei war, blieb am Richtplatz nichts zurück. Kein Wind, kein Regen, keine Pferde, keine Menschen, kein Hong Gil Dong, kein Blut. Es strömte und floss überall nur kristallklares, frisches Wasser."

"Hm."

"Hmm."

"Ist das das Ende?"

"Augenzeugen erzählten natürlich noch so allerlei. Einige wollen im Licht der Blitze gesehen haben, dass aus seinem zerrissenen Körper kein rotes Blut, sondern weiße Milch geflossen sei, die soll sogar hundert Meter hoch in die Luft geschossen sein. Andere glaubten, dass seine Körperteile mit dem Sturm hunderte und tausende von Meilen übers Land getragen wurden."

"Und wo einer seiner Körperteile hingefallen ist, da ist ein neuer Hong Gil Dong entstanden."

"So entwickeln sich aus alten Geschichten immer neue, die dann wieder neu erzählt werden."

Ein großes Dankeschön an Prem Arpana für Geduld beim Korrekturlesen. Er hat auf manche Formulierungen hingewiesen, die in deutschen Ohren doch zu fremdartig geklungen hätten. So sind dem Leser unnötige Irritationen erspart geblieben.

https://www.instagram.com/bodhi.satyam/
bodhi.satyam00 @ gmail.com